생각

생각

지은이 _ 이재경

초판 발행 _ 2014년 2월 15일

펴낸곳 _ 수필미학사
펴낸이 _ 신중현

등록번호 _ 제25100-2013-000025호
등록일자 _ 2013. 9. 2.

대구광역시 달서구 문화회관11안길 22-1(장동) 출판산업단지 9B 7L
전화 _ (053) 554-3431, 3432   팩시밀리 _ (053) 554-3433
홈페이지 _ http://www.학이사.kr
이메일 _ hes3431@naver.com

ISBN _ 979-11-85616-01-8   03810

※ 수필미학사는 도서출판 학이사의 수필 전문 자매회사입니다.

생각

이재경 수필집

수필미학사

책을 만들며 생각하다

책을 만들고 싶어 몸살을 앓은 적이 있다. 그러다 포기하려 하는데 기회가 되어 '책쓰기포럼'에 참여하게 되었다. 포기가 희망으로 바뀌었다. 2년, 4학기의 80차 강의와 어느 곳에도 발표한 적 없는 40편의 작품 쓰기는 쉽지 않았다. 제일 먼저 간절히 원하면서 채워지지 않는 필력에 실망이 컸다. 아픈 만큼 성숙해진다는 말을 되새기며 한 번의 결석도 없이 자신과의 약속을 지켰다. 많은 갈등과 고민으로 매학기 등록기간을 맞을 때마다 결심이 흔들리곤 했다. 포기하는 회원들을 보며 나 자신을 다독였다. 모든 학기를 마치며 잘했다고 혼잣말을 여러 번 했다.

작품을 마무리하며 산고만큼이나 마지막 아픔을 겪었다. 아픔은 희망이다. 이제는 안다. 그것이 다음을 기약하는 발판이 될 수 있음을. 이상을 높게 가지되 현실을 인식하는 지혜를 가지려 좀 더 노력하리라 다짐도 했다.

4학기를 함께하며 서로에게 위로가 되고 힘이 되었던 동료 문우님들과 교수님께 감사의 말씀을 전한다. 밉다 하지 않고 부산 가시나의 억센 억양을 잘 소화해 주신 주위분들께는 한 번 더 감사를 올리고 싶다. 그리고 말투에 가려진 속내를 알아 봐 주시던 분들께도 감사를 드린다. 금강송이 아무리 단단해도 결국 한 그루 소나무인 것을 인정하는 것처럼.

　최종 원고가 마무리되고 불안감이 생겼다. 글쟁이에겐 아파하다가도 다시 희망을 가지게 해 주는 것이 글이다. 이렇게 소중한 글인데 생각과 취향이 중요하겠는가. 마지막까지 욕심을 버리지 못함을 반성하며, '이 책을 손에 쥔 이들은 읽지 말고 덮어버려라'라고 서두에 쓰고 싶어 했던 어리석은 필자의 여린 진실을 담은 글, 그 소중함을 말하고 싶다. 공감이 되지 않더라도 '이런 생각의 글도 세상에 있구나!' 하고 편히 넘기시길 바라며, 넋두리에 가까운 내용 밉다 하지 않고 읽어 주시는 독자들에게 진심 어린 감사를 전하고 싶다.

2014년 2월
이 재 경

■ 차 례

서문 _ 책을 만들며 생각하다

1부 미소를 머금고 생각하다

2부 깊이 생각하기

3부 주관적인 생각, 여자에게

4부 생각에 빠지다

이재경 수필집

생각

1부

미소를
머금고
생각하다

그때 그 커피

텀블러를 들고 다니며 커피를 마신다. 무작정 커피가 좋은 것은 아니다.
쓴맛, 구수한 맛, 향긋한 맛이 좋아 커피를 즐기게 되었다.
당분간 커피 사랑은 계속될 것 같다.

커피 한 모금을 머금었다. 순간 입안에 퍼지는 맛과 씁쓰레한 향
이 낯설다고 느끼기도 전 뜨거워 뱉을 뻔했다. 뱉음보다 삼킴을 선
택함으로써 나의 커피 역사는 오늘에 이른다.

초등학교 4학년 겨울방학, 옆방에 세든 철이 아빠가 원양어선에
서 구한 커피 시식회가 햇빛 따사롭던 날 안채 마루에서 열렸다. 시
커먼 커피 물을 작은 주전자에 끓여 엽차잔과 함께 들고 온 철이 엄
마. 우리 집 여자들에게 한 잔씩 나누어 주었다. 난 어른도 여자도
아니었다. 그런데도 꼭 그 자리에 끼고 싶었다. 철이는 두 살, 나는
열 살이 넘었는데 같은 아이 취급받을 수 없었다. 마시고 싶다고 떼
를 쓰자 철이 엄만 어른들이 마시는 거라고 얼음장을 놓았다. 어른
이 되고 싶었으므로 더 포기할 수 없었다. 결국, 어린아이가 커피를
마시면 바보된다는 말을 듣고도 땡강쟁이 눈물 덕에 잔 하나를 차

지했다. 어른들이 한 모금씩 마신 뒷 맛에 대해 한마디씩 했다. 사실 그때 시키면 액체가 사극에 나오는 사약 같다는 생각이 들었지만 용기를 내었다. 입술에 먼저 닿은 찻잔의 뜨거움을 느꼈지만, 한 모금 마셨다. 쓰고 뜨거운 커피는 마셔 본 음료 중 제일 맛이 없었다. 그래도 순간을 잘 모면해 나의 커피 사랑은 지금껏 이어지고 있다.

에스프레소, 아메리카노, 카페라테, 카푸치노, 카페모카, 카페 비엔나 등 커피들이 온, 냉으로 각각의 맛을 자랑한다. 원두의 종류에 실제로 단맛은 느껴지지 않지만, 당도를 위해 건조해 유통하는 브라질 산의 버번 산 토스, 과테말라산 과테말라 안티과가 있다. 콜롬비아산 수프 리모는 안데스 산지에서 재배한 유명한 마일드 커피이고, 코스타리카 산 코스타리카 따라주는 중부 라오스 계곡에서 재배된 원두로 부드러운 맛과 향이 조화로운 커피로 유명하다. 또 코피 루왁(고양이 : 인도네시아), 콘삭(다람쥐 : 베트남), 위즐(족제비 : 캄보디아), 예멘의 원숭이 커피는 동물들이 원두를 먹은 뒤 소화기관을 거치면서 침과 위액으로 발효와 화학작용을 일으킨 뒤 배설한 원두가 '명품 커피'로 재탄생된 일명 '똥 커피'이다. 이렇듯 특이하게 커피는 배설물로 배출된 원두가 귀하고 비싼 대우를 받는다. 이 원두는 숭능의 구수함과 특유의 쌉싸름한 맛이 있고, 뒷맛이 깔끔하며 부드러워 커피 애호가들에게 인기가 많다. 베트남에 여행 가서 '똥 커피'를 구매해 왔다. 원두맛을 잘 모르던 내 입맛에도 맛이 탁월했다. 두 팔 걷고 친구들 커피까지 무더기로 몰아 흥정했다. 숙소로 돌아와 보니 별나게 설쳤던 결과로 내 커피 한 봉지를 못 챙겨 왔다. 잘 샀다고 좋아하는 친구들을 보면서 속상했던 기억이 난다. 구제불능의 오지랖을 후회해 봤자 소용없는 일이다.

난이도 상의 복잡한 커피 이름 앞에서 주눅이 든다. 자주 '커피의 눈물'이라는 '더치'를 마신다. 그리고 한번 맛본 외국인들도 즐기게 된다는 대한민국의 유명한 커피. 파출부 커피에서 영부인 커피로 일약 신분 상승한 커피인 믹서 커피도 자주 마신다. 일반화되어가는 커피들. 진화는 어디까지 이어질지 자못 궁금해진다.

어릴 적 그때 그 커피엔 끈끈한 정이 있었다. 지금도 커피를 마주하면 소중한 추억들에 가끔 미소 짓곤 한다.

부산에서 흔하게 볼 수 있는, 산비탈에 매달려 대롱거릴 것 같은 동네에 우리 집이 있었다. 안개 자욱하던 추운 새벽, 중학생이던 나는 일산화탄소(연탄가스)를 마셔 식전 맷바람부터 초빼이 동치미 국물을 마시고 학교를 쉰 날, 종일 잠을 잔 뒤 늦은 오후가 되어서야 간신히 정신이 맑아졌다. 정확히 기억나지 않지만, 혼자 집에 있었나 보다. 그때 새로 샀다고 자랑하던 이모의 잠옷이 생각났다. 만지지도 못하게 하던 이모가 집에 없다는 것이 사춘기 소녀를 유혹해 그 옷을 입게 했다. 드레스를 입은 듯 부드러운 촉감에 기분이 좋았다. 그때 생각 난 영화의 한 장면. 정원에서 여유롭게 티타임을 즐기던 여주인공, 부리나케 들어가 석유풍로에 물을 끓인 뒤 커다란 유리컵에 커피를 탔다. 정원이라 상상한 화단 사이를 비집고 나와 티 테이블이 아닌 담벼락 위에 커피를 놓았다. 우아한 기분으로 잔을 들고 싶었지만, 손잡이 없는 컵이 무척 뜨거웠다. 동네를 둘러보았다. 높이 솟아 있던 우리 집 담은 성벽처럼 느껴졌고 담 너머 오후의 한가로움을 풍기는 공동 우물가와 신작로로 통하던 꼬부랑길이 내려다보였다. 코로 들어오는 공기조차 갑자기 산뜻 새뜻해졌다. 기분은 풍선을 탄 듯했다. 짐작건대 가스가 아직 남아 있었나보다. 커피 한 모금을 멋진 표정으로 마시려니 뜨거워 여간 어렵지 않았다. 나름 뜨거움을 피하자며 빨대로 커피를 빨아올린 소녀는 감당하기 어려운 상황을 맞는다. 철부지가 해결하기엔 역부족인 뜨거움. 목구멍으로 바로 넘어가 억제로 삼키게 된 커피. 뜨거움으로 커피보다 화끈함을 먼저 삼켰다. 아픈 기억이 좋은 기억보다 더 오래 남듯, 세상에서 제일 쓰고 뜨거운 커피 맛을 그때 알았다.

과유불급過猶不及이라는 단어는 사자성어의 품격을 따져 고급스럽게 사용되진 않는다. 욕심은 크기와 상관없이 원인이 있어 결과를 만든다. 그리고 반드시 교훈을 남긴다는 것을 몸소 배웠다. 겉멋을 떨며 폼 한 번 잡으려다 식도에 화상을 입은 뒤, 무엇이 되었든 도모하는 일의 앞과 뒤를 신중히 살피는 조심성을 배웠다.

커피 전문점이나 카페에서 낯설거나 모르는 이름의 커피를 주문하지 않는다. 친구들은 색다른 메뉴를 경험하자고 매번 권한다. 독야청청하듯 나는 더치 아메리카노를 주문한다. 체면 때문에 거절

못 하고 에스프레소를 마셨다가 속병이 났던 만만찮은 경험이 또 한 번의 교훈이 되었기 때문이다.

개척과 개방만이 발전으로 향하진 않는다. 온고지신을 생각하며 성급하거나 지나쳐 일을 그르치지 않게 조심한다. 발전한다는 것은 언제라도 진행 중임을 알기 때문이다.

국자로 트다

추억은 나만의 것이다. 다른 이와 공감으로 하나 되고
동심으로 행복할 수 있어 행복을 추억하며 만들고 싶다.
사랑하는 사람들과 함께…

한가한 일요일 오후, 엄마는 괜스레 어슬렁거리며 부엌으로 들어
가 기웃거렸다. 싱크대 한쪽 쌓아 놓은 그릇 사이 시선 끄는 것이
있다. 눈이 번쩍 떠졌다. 속이 더부룩할 때 들이킨 한 모금의 청량
음료처럼 순간 새뜻한 기분이 되었다.

사십 년도 더 전, 어린아이 엄마는 참새가 되었다. 참새는 하루도
빠지지 않고 방앗간을 찾고. 하루에도 몇 번씩 유혹하던 방앗간의 모
이. 그 모이 거리가 느지막한 일요일 오후 무료해하던 엄마 눈에 띈
것이다. 들뜬 기분으로 아들을 불렀다. 아들! 국자 만들어 먹자며.

경쾌한 엄마 목소리에 뭔 소린지 모르는 아들의 대답은, 무심을
넘어 시큰둥하다. 그러거나 말거나 엄마는 분주히 움직이며 콧노래
까지 흥얼거렸다. 행복한 순간 설탕이 녹은 투명한 액체를 보며, 엄
마는 어린 시절로 날아갔다. 진득하게 꼬리 물며 떨어지는 과자를

한입 머금고 행복한 추억 맛을 느낀 것인지, 정말 달콤한 과자 맛이 좋아 행복한 것인지 구별은 의미 없음. 오버.

코를 자극하는 달콤한 냄새에 끌려 과자를 한 입 먹은 아들의 말,
"저도 하나 만들어 주세요."
엄마는 동지를 얻은 듯 웃음소리 날리며, 신 나게 또 과자를 만들었다. 모자는 설탕 과자가 공감을 형성해 잘 녹았네, 소다를 적게 넣었네, 주거니 받거니 얘기하며 한덩이로 행복 과자를 만들었다.
설탕 과자 '국자'를 친구들은 '똥 과자'라 불렀다. 아마 과자 색 때문이었겠지만, 궁핍한 생활고 속에서 아이들의 졸림을 피하려는 어른들의 궁색한 의도가 숨어 있었으리라 추측된다. 과자가 없던 시절 국자가 유일에 가까운 즐거움이었다. '국자'를 만들어 판에 엎어 굳기 전에 모양을 찍고, 찍힌 모양대로 핀을 사용해 완벽하게 모양을 떼어내면, '국자'에서 '뽑기'로 이름이 바뀐다.
70년대 초반엔 연탄불이 흔했다. '국자'란 과자는 길가에 옹기종기 쪼그려 앉아 더러 일산화탄소 마셔 가며 낮은 화구의 뜨거움을 피해 직접 만들어 먹던 과자. 다 탄 연탄불을 갈 땐 위에 놓인 새 연탄의 화기가 언제쯤 오를지 어린 마음은 조바심을 냈다. 탄불 구멍을 들여다보다 흘러내린 머리칼이 노린내를 풍기며 '빠지직' 타오른 적도 있다. 딴에는 머리 써 손바닥을 연탄 가까이 가져가 열 감지를 하려다 장난으로 친구가 밀어 손바닥에 가벼운 화상을 입은

적도 있다. 그러면 놀란 가슴과 미안한 마음이 합창했다. 어렸기에 달콤함에 이끌려 불이 얼마나 무서운지 몰랐던 시절이었다.

일요일 오후 집안에 달콤한 냄새가 퍼진다.

과자를 만드는 불이 가스 불로 바뀐 탓인지 공백의 기간 탓인지 실패를 거듭했다. 배부르게 머금은 설탕이 녹다가 부글거리며 검은 거품을 만든다. 화력 때문에 실패. 다시 나무젓가락으로 저어가며 가장자리에서 중심으로 설탕을 녹여 들어간다. 마침내 설탕이 투명한 시럽으로 변해 적당량의 소다를 넣고 부풀렸다. 이때도 중요한 것은 불의 세기다. 너무 약한 불은 적게 부풀어 과자의 결이 딱딱해지고 불이 세면 버글거리며 가장자리부터 타서 쓴맛이 난다. 모든 조건이 잘 맞아 향긋한 냄새가 성공을 알리면 기쁨의 결정체인 땀까지 송골송골 코끝에 맺혔다.

엄마와 아들을 소통시켜 준 설탕 과자, 같이 먹으며 엄마보다 더 큰 키의 아들에게 추억 얘기로 바통 터치해 아들의 추억으로 넘어가는 순간이다. 아들이 묻는다. 어릴 때 이 과자 먹는 것이 그렇게 좋았냐고. 엄마는 많은 추억을 얘기했다. 음식 풍요 시대를 사는 아들에겐 이해가 역부족이다. 완벽한 기분 전달은 굳이 필요하지 않을지도 모른다. 엄마 나이쯤 된 아들이 지금의 엄마처럼 추억으로 훈훈함을 느끼게 될 테니까.

사람들은 저마다 추억으로 기억 속의 감정을 일깨우며 살아간다.

세월 흐른 뒤 느껴지는 빛깔에 따라 행복함에 웃음짓고 슬픔에 가슴 아파한다. 그때의 감정과 재생된 감정은 같을까 아니면 다를까, 분명한 것은 추억이란 아름다움이다. 단절이 아닌 공감으로 아들과 같은 느낌일 수 있어 좋은 순간이다. 나른하던 일요일 오후에 설탕 과자 '국자'로 만들어 낸 세대 공감, 엄마와 아들이 국자로 트며 추억을 나누었다.

그기 뭔데

빠르게 변하는 세상, 노력을 해도 모르는 것이 많다. 모르는 걸 피하다 더 이상은 그러기 싫어 적극적으로 변했다. 자신에게 '하면 된다' 는 마음으로 다짐도 수십 번했다. 앞으로도 새로운 문화에 두려워 꽁무니 빼지 않고 적극적으로 배울 것이다. 독파의 순간까지.

늦잠을 즐긴다. 습관화된 버릇이다. 식구들을 모두 보내고 한두 시간 더 자는 잠은 이 세상 그 무엇보다 소중하다. 게으름을 좋아하지 않아 잠재적인 찝찝함은 있지만 달콤했다.

잠결인데도 타고난 예민함이 춤추는 휴대폰을 더듬는다. 잠을 묻혀 누구냐고 묻자, 쾌활함이 리듬을 타며 에너지를 전한다. 반갑게 인사를 건네는데

"샘, '맥 모닝' 먹으러 가게 나오세요."

다짜고짜 십 분 후 우리 아파트 밑에 도착한단다.

"그기 뭔데?"

때꼽재기 얼굴을 하고 물었다.

간단한 설명이 귓전을 맴돌다 날아가 버린다. 일어나 고양이 세수와 가벼운 운동복을 입었다. 아침의 색다른 만남으로 모이는 멤

버가 좋아 단잠을 포기하면서까지 거절하지 못했다.

살다 보면 간간이 정해놓은 규칙대로 살지 못할 때가 있다. 그럴 땐 곱씹는 따짐보다 흘러가는 대로 맡겨 버린다. 무심할 수도 있으나 옳고 그름을 따지다 번거로워질까 꺼리는 게다.

9시도 덜 된 오전, 여자 4명이 동성로의 패스트 푸드점 M으로 갔다. 평소엔 생각조차 못 한 외출이라 조금 들떴다. 차림새가 어색하게 느껴진다. 하루의 이른 시간 패스트 푸드점 2층 창가에 앉아 아침 수다와 간단한 음식, 향 짙은 커피를 즐기니 오래전 직장생활이 떠올랐다.

출근길 아침을 먹지 못하면 사무실 앞에서 콩국과 토스트를 사먹었다. 그때와는 다르게 음식점에서 커피와 아침식사를 하니 분명 변했다. 아침 외출이 아줌마들에게 신선한 충격이 되었나 보다. 한 시간 남짓 수다를 떤 후 귀가하며 이구동성으로 가족과 한번 오고 싶다고 입을 모았다. 가족과 함께 오면 지금과 사뭇 다를 것 같은 생각이 든다.

소속된 사회에 따라 행동 패턴이 다르다. 요즘 사람들에겐 자기중심적인 사고가 당연하다. 고장 난 나침판을 보듯 가벼운 현기증을 가끔 느낀다. 얼마 전 미국인 스님은 설법 중 한국 사람은 전체를 하나로 보는 시각을 가져 신기하다고 했다. 본능으로 상대를 느끼며 배려하고 자신을 낮출 줄 아는 것이 생활에서 보인단다. 외국인의 시각으로 느낀 점이라 말할 때, 한용운의 시 「복종」에서 '복종하고 싶은 것에 복종하는 것은 행복입니다' 라는 구절이 머릿속을 맴돌았다. 그동안 습성에 젖어 객관적인 시각으로 볼 수 없었는지도 모른다.

외국인들이 웃으며 상대에게 먼저 인사하는 것, 자신은 적대감이 없으니 오해하지 말라는 의미가 담겼단다. 친절과 다른 자기 보호의 뜻, '좀 깬다!' 느껴졌다.

요즘은 모르는 것도 묻지 않는다. 컴퓨터 이용으로 혼자 해결하는 것이 보편화된 문명이 발달할수록 사람들의 일방통행은 늘어날 것이다. 첨단 기계들이 생활 전반의 필수품이 된 뒤부터 지식을 머릿속에 저장하지 않고 필요할 때 출력하는 지식 저장 시대로 바뀌고 있다. 몇 년 전만 해도 아이를 키우는 집엔 비싼 백과사전과 전집으로 구입한 책이 필수품이었다. 책은 인성과 지혜, 지능 교육을 담당했다. 요즘엔 책보다 인터넷으로 필요한 것을 검색한다. 책은 아이들에게 유행하는 만화시리즈가 지식보다 흥밋거리로 곁을 지킨다. 짧은 시간의 변화 때문에 멀미 일으키는 세대로 전락한 자신을 느낄 때가 더러 있다. 냉장고 안에 오래 보관한 뚜껑 딴 맥주처럼, 핫바지에 방귀 세듯 확실함을 잃은 기분이 든다.

"그기 뭔데?"

요즘 자주 하는 말로 무지와 정면 승부하자 덤비는 말이다. 노력만으로 모두 해결되진 않았다. 새로운 시스템이나 기계가 출시되면 익히기가 얼마나 힘드는지, 아날로그가 디지털화되기까지 버전의 업그레이드는 실수담을 주렁주렁 매단 포도송이가 된다.

　앞으로 세상은 더 발전할 것이다. 끊임없이 노력하는 자만 살아남을 수 있다. 몇 해 전만 해도 새로운 것을 보면 못한다고 뒷줄로 물러나 고개를 설레설레 저었다. 그것도 여유가 있을 때 하는 행동이다. 그때보다 조금 연식의 겹이 더 붙은 지금, 벽과 혼연일체 되어 더 물러설 자리가 없다. 뒷방 늙은이가 되기 싫어 요즘엔 도전부터 한다. 생물학적 이유로 떨어지는 순발력, 기억력은 참 해결하기 어려운 문제다. 모르는 것과 직면하면 물음이 깃발처럼 펄럭이며 앞으로 나선다. 변화 숙지 불능으로 상처투성이가 되었지만 아팠던 만큼 성숙해졌나 보다. 잘하는 것은 유지만 해도 본전, 못하는 부분은 노력하지 않으면 시대에 뒤떨어지는 폐물이 되는 기분을 피할 수 없다. 실망하지 않고 될 때까지 하는 끈기 하나만은 따를 자가 없다고 본인은 믿으니 그나마 다행이다. 연륜을 쌓으며 현명한 대처법과 적응력으로 정면 돌파하자고 지인들에게 힘주어 말한다. 경험상 용기를 잃지 않음이 가장 큰 해결책임을 알기 때문이다. 그래서 오늘도 유비무환의 깃발 '그기 먼데?'를 펄럭이며 먼저 앞으로 나선다.

껌 장사는 죽지 않았다

누구든 죽었다면 두말을 하지 못했다. 껌 장사도 그들 중 한 명.
참 가난했지만 곳곳에서 온기가 느껴지던 시절 얘기.
요즘과는 다르다 느끼는 세대만이 간직하는 공감. 그 마음의 정서를 깨우고 싶다.

가끔 잊고 지내던 껌이 생각나면 온종일 입이 아프도록 껌을 씹어댄다. 마침내 아래턱뼈가 삐거덕거리며 가벼운 통증으로 신호를 보낸다. 아쉽지만 가방들 주머니마다 들어 있는 껌을 모아 냉장고로 가져간다. 버리진 못하고 훗날을 기약하며 보관한다. 껌 씹기에 긴 휴식기에 들어간다.

껌이 사각 턱을 만드는 주범이라는 말을 듣고서 큰 바위 같은 미운 얼굴에 악조건을 더 보탤 수 없어 자제를 했다. 그러다 리플레이 버튼이 눌려진 듯 자제라는 개념을 잊고 본능에 따라 또 껌을 찾게 된다.

1. 셋째 삼촌과 정아

"삼촌"

삼촌을 발견한 정아는 반가움에 목청껏 삼촌을 부르며 마루 끝에서 통통 뛰었다. 마루에 나와 앉은 정아의 눈에 대문을 밀고 들어서는 군복 입은 셋째 삼촌이 보인 것이다. 삼촌은 입대 후 반년 만에 휴가를 나와 비를 맞으며 들어서는 참이다.

"정아야, 삼촌 왔다."

마치 삼촌을 기다린 듯한 정아의 존재에 그렇게 보고 싶고 그립던 엄마조차 잊어버린 삼촌은 정아를 안아 올리며 좋아했다.

"삼촌, 껌도."

정아의 두 번째 말이다. 입대하기 전 귀갓길에 종종 정아를 위해 껌을 샀던 생각이 났다. 하지만 그때가 어제인 듯 자신이 몇 달 만에 귀가한 것에 대해 정아는 알지 못하는가 보다. 품에 안겨 동그랗게 큰 까만 눈동자로 내려다보는 정아에게 뭐라고 해야 할지 난감하기 그지없다.

"정아야, 오늘 비가 와서 껌 장사가 다 죽었뼜다. 비 안 오는 날 껌 장사 나오면 삼촌이 껌 사다 주께."

"알았다. 삼촌, 비 안 오면 꼭 사온 나."

정아는 회색빛 하늘을 보면서 왜 비가 오면 껌 장사가 다 죽는지 수수께끼 같은 의문을 풀길이 없었다. 크면 알게 된다고 저번에 삼촌이 말한 것이 기억났다. 삼촌은 정아를 마루에 내리고 엄마를 불렀다. 뒤 안에 있던 할머니가 다급히 나오며 삼촌을 반갑게 맞았다.

2. 막내 삼촌과 정아

"정아야 빨리 걸어라. 늦겠다."

막내 삼촌이 어린 정아에게 걸음을 재촉하며 늦을지도 모를 시간 때문에 가슴을 졸였다.

"막내 삼촌아, 다리 아프다. 안 갈란다."

등을 자꾸만 뒤로 빼며 정아는 곧 눈물이 흐를 듯 얼굴을 찡그리고 있었다.

"자, 빨리 업혀라. 삼촌이 엎어 주께. 빨리."

삼촌이 내민 등에 넙죽 업히며 헤실거리는 정아 얼굴을 삼촌은 비지땀 흘리며 뛰느라 보지 못했다. 정아가 업히자 막냇삼촌은 쏜 살같이 꼬불꼬불한 내리막길을 달려 내려갔다. 삼촌 등에서 머리칼을 휘날리며 정아는 신이 났다. 삼촌 등에서 바람을 맞는 것은 잘 없는 귀한 놀이 같았다. 서면에 있는 대한극장에 도착하자 검은 교복을 입은 삼촌 같은 고등학생들이 길게 줄을 서 입장을 하고 있었다. 학교가 단체로 영화를 관람하는 날이었다. 집에서 기다리는 정아가 눈에 밟혀 차마 혼자 극장에 갈 수 없었던 삼촌은 정아와 같이 영화를 봐야겠다는 생각에 학생들이 극장으로 향할 때 집으로 달려온 것이다. 그러나 힘겹게 달려온 삼촌을 극장 검표원이 막고 섰다.

"학생, 학교 단체 관람인데 얼라는 왜 데리고 왔노. 야는 입장 안 된다. 그만 돌리 보내라."

"데리고 가면 안 됩니꺼. 한 번만 보내 주이소."

삼촌의 부탁에도 고개를 젓기만 하는 검표원을 뒤로하고 이번에는 달려왔던 길을 달려 정아를 대문 앞에 내려놓는 막내 삼촌. 이번에는 정아가 울었다.

"잉잉, 삼촌 내는 영화 안보이주나. 내도 볼끼다. 앙앙."

이번엔 정아의 울음소리를 업고 삼촌은 극장으로 뛰어갔다. 그날 막내 삼촌은 늦지 않게 영화 관람을 했는지 정아는 지금껏 모른다.

중년의 정아, 꿈을 찍는 사진관에 가서 껌 장사가 죽었다고 말하며 난처해하던 셋째 삼촌의 모습과 학교 단체 영화 관람에 조카를 데려가려다 조카를 울려야 했던 막내 삼촌의 난감해 하던 모습을 사진으로 남기고 싶다. 사랑은 기억 속에서 추억으로 추억은 삶의 요소요소에서 바람막이가 된다. 정아는 이제 안다. 그때 그 껌 장사가 죽지 않았다는 것을. 이렇듯 아름다움을 품어 표현할 줄 아는 사람이 되고 싶다. 조카를 실망시킬까 봐 죽어야 했던 껌 장사도 웃으며 박수를 보낼 것이다. 그것이 사랑임을 알기에…….

어린 날의 단편적인 기억들. 요즘과는 사뭇 다르다. 그때의 할머니보다 더 나이가 들어버린 정아. 추억은 삶의 에너지가 되었다. 군인과 고등학생이던 삼촌들은 칠순을 바라보는 할아버지지만, 정아의 추억 속엔 여전히 조카를 사랑하는 그때의 모습이 남아있다.

강소천의 「꿈을 찍는 사진관」은 신비로운 작품이다. 사진관을 찾아 그리움을 꿈꾸면 다음날 사진으로 가질 수 있다는 내용이다. 작가는 사람들에게 희망이라는 메시지를 주고 싶었으리라.

가시나 궁둥이

'순둥이 강생이'라 불리던 눈이 큰아이.
그 아이는 이제 중년의 아줌마다. 아직 눈은 크다.
큰 눈으로 세상을 살피며 글을 쓴다. 글을 쓰며 세상의 아름다움을 생각한다.

"궁둥이가 그랬쩌!"

9살 정아의 겁먹은 표정. 믿어지지 않는다는 할머니 표정. 할머니는 웃으며, 그럴 수도 있으니 겁먹지 말라신다. 그날 정아의 궁둥이에 눌려 깨진 앞집 현관문의 유리 값 변상으로 일은 끝났지만, 어린 정아의 기억 속엔 오랫동안 남게 되었다.

와장창, 유리 내려앉는 소리가 요란타. 안방에 앉아 있던 엄마(정아)는 놀라 소리가 나는 딸 방으로 뛰어갔다. 베란다와 통하는 큰 유리창이 화르르 내려앉아 있었다. 우선 딸아이부터 살폈다. 다행히 유리에서 멀리 서 있다. 안심했지만 어떤 상황에서 벌어진 일인지 쉽게 판단이 서지 않았다. 딸아이는 얼마나 놀랐던지 말을 더듬으며 이야기를 했다. 책상에 앉아 침대에서 읽을 요량으로 책 한 권을 던졌는데 책의 모서리 부분이 유리에 닿자 유리가 깨졌단다. 붉어진 얼굴엔 식은땀을 흘리고 있었다. 깨진 유리조각을 치우며 얼마나 다행인지 모른단 생각이 든다. 만약 아이가 침대 위에 있을 때 유리가 깨졌다면 어떤 상황이 벌어졌을지 모를 일이다. 그 옛날 엄마도 남의 집 유리창을 궁둥이로 깬 기억이 있다. 몇 십 년이 흘러도 그날의 기억이 남아 있어 이번 일이 딸아이의 가슴에 어떻게 자리 잡을지 짐작이 되었다.

"가시나가 궁둥이를 어떻게 밀었기에 유리가 다 깨지노 어이."

친구 할머니는 다짜고짜 고함을 질렀다. 놀라 얼어버린 정아. 정아는 서럽고 무서워 눈물을 굴리며 소리 없는 울음을 삼켰다. 울음이 더 이상 참아지지 않자,

"으앙~~~ 할~~매"

할머니를 부르며 집으로 뛰어갔다. 놀란 할머니가 밖으로 나온다. 정아는 할머니 품으로 달려갔다. 따뜻한 할머니의 가슴에 얼굴을 묻고 서럽게 어깨를 들썩였다. 할머니는 정아의 등을 토닥였다.

"와, 무슨 일 있었나?"

"유리가 깨졌다. 기대 서 있었는데……."

다음날 앞집 친구 어머니의 만류에도 할머니는 유리 값을 변상했다. 결자해지가 철저한 삶의 방식이었던 할머니. 문제는 그 뒤에 벌어졌다. 앞집 할머니는 동네에서 방송국으로 통하는 분. 그 할머니

덕분으로 정아는 보기에 얌전이, 순둥인데 실제로는 어리광쟁이, 말괄량이로 변신해 있었다. 하늘 위를 날아가는 비행기 소리에도 놀라 무서워 울던 정아, 할머니는 순둥이 강생이라고 별명을 부르셨지만, 이후 정아는 동네에서 제일 별난 가시나로 알려졌다. 억울했다. 윗동네 친구들도 아랫동네 친구들도 학교에서 만나면 정아에게 유리창 사건에 대해 물었다. 어느 날 등굣길에 남자아이들이 정아를 놀리는 노래를 불렀다. 유리창 사건이 와전되어 만들어진 놀림 노래였다.

"정아 궁둥이 큰 궁둥이. 가시나가 궁둥이로 유리창 깼데요. 유리창 깼데요."

노래를 차마 듣고 있을 수가 없었다. 정아는 붉어진 얼굴로 노래를 부르는 남자아이들을 쨰렸다. 그중에 둘이 같은 반이었다. 노는 시간에 정아는 한 아이에게로 다가가 소리를 질렀다.

"야, 머시마 니 아까 내 놀렸제. 쪼매한 게 어디서 까부노. 한 번만 더 까불면 가만 안둔데이."

정아는 그때부터 여자 친구들을 대변하는 보호자가 되었다. 같은 반 여자아이가 놀림을 받거나, 남학생들이 여자아이들의 고무줄을 자르면 해결사로 등장해 응징하는 역할이다. 얌전하던 가시나가 궁둥이로 유리창을 깬 후부터 원더우먼이 된 것이다. 정아는 키가 커서 동급생 남자아이들과 서면 누나처럼 보였다. 남학생들도 정아 앞에선 일대일로 대들지 못했다.

'쨍그랑' 부엌에서 소리가 났다. 딸아이가 멍한 얼굴로 부엌문 앞에 선 엄마를 쳐다본다. 엄마는 딸아이가 유리컵을 깰 때 다치지 않았는지 먼저 확인했다. 그런데 깨진 컵이 엄마가 좋아하는 냉커피잔인 게다. 엄마는 유난히 그 컵을 좋아했다. 다른 컵도 많은데 이상하게 딸아이는 엄마가 좋아하는 유리컵을 사용했다. 못마땅했지만 사용하지 말라고 하기엔 치사한 느낌도 들고 해서 두었더니 탈이 나고 말았다. 엄마는 컵 조각을 모으며 생각한다. 오래도록 남아 힘들었던 어린 날의 추억을 떠올리며 비슷한 감정을 딸에게 넘기지는 말자고. 유리에 대한 기억을 버리지 못하고 있는 것이 집착이요, 대를 잇는 것이란 생각을 이제야 하다니, 그냥 잊어버리고 기억조차 못 한다면 이 순간 딸아이에게 '가시나 조심하지 엄마가 좋아하는 건데'라고 소리 높여 말할 수 있을 텐데, 그러면 딸아이는 미안하다고 말하고 서로 잊을 것이다. 딸에게 유리에 대한 기억이 남지 않기를 바란다. 유리는 그저 유리다. 깨어지는 성질이 있는 다소 조심이 필요한 재료일 뿐이다.

호박꽃 케익

어릴 적 친구들을 삼십 년 넘게 못 만나다.
꿈꾸듯 재회를 했다. 그들과 어린 시절을 회상하며 행복했다.
잃어버린 나를 찾은 듯…

담 밖에서 친구들이 부르는 소리가 들리면 누워 계신 할아버지부터 살폈다. 오케이, 냅다 달려 나간다. 대문을 통과하면 세상은 온통 놀이터. 황토빛 맨살을 드러낸 비탈진 밭들은 술래잡기 공간이 되었고, 밭 끝자락과 이어진 황령산 초입은 크고 작은 바위들이 군집해 전쟁놀이 터였다. 동네 어귀 공터에선 풀과 꽃으로 소꿉놀이를 했고 큰길로 연결되는 조금 넓은 공터에서 가끔 해충 약 시범을 보이던 약장수는 징그러워도 호기심에 고개를 돌리지 못하게 만들었다. 공터 한 모퉁이에 판자로 바람막이를 만든 뽑기 장사는 아이들의 방앗간으로 과자 부재 시절 달콤한 냄새는 군침을 삼키게 했다. 70년대엔 도시라도 선택 불가의 자연 친화적 생활 그 자체인 어쩔 수 없는 웰빙 식이었다. 애들은 엄마 어린 시절 이야기가 신기하고 재미있단다. 격세지감이라 해야 하나. 까맣게 잊었던 추억이 중년의 소꿉친구들에게 수다거리로 피어났다.

"야야 정말 내가 그랬나?"

단편적인 각각의 기억이 간잽이가 되어 웃음을 선물한다. 친구들이 하나같이 내가 글을 쓴다는 사실에 놀란다. 그들의 기억 속엔 디자이너의 꿈을 꾸며 유학 준비하던 모습, 혹은 투정쟁이 새댁 모습이 마지막 기억이다.

모피 코트를 입은 친구의 팔뚝을 쿡쿡 찌르며, 토끼털이냐 묻는 늙은 머슴애. 대답대신 눈을 흘기며 밍크를 몰라본다고 투정하는 친구, 가난했던 시절의 기억을 더욱 빛나게 했다.

"야들아, 털 카이 생각난다. 정아 졸업 작품 중에 토끼털 잘라서 요상하게 붙였던 뜨개옷 기억나나. 그 옷 때문에 디자이너 눈에 들어가 졸업도 하기 전에 취직했다 아이가! 기억 나제?"

정작 본인은 잊고 있던 일이다.

"그 카고 보면 정아야, 니는 소꿉놀이할 때도 창의적이었데이, 호박꽃 따서 꽃술 잘라 호박꽃 케익이라 카며 희한하게 뒤집어 봐 우릴 놀라게 했다 아니가. 지 방개살이 우리가 가지고 놀면 더러워진다고 성질부려 얼마나 얄미웠는지 니는 모르제?"

숨 한번 쉬지 않고 말을 마친다. 너무 오래 묵혀 발효시킨 탓일 게다. 터질 듯이 밝게 웃는 넉수구레한 머슴애 얼굴도 생의 재를 여러 번 넘긴 모습이다. 어릴 적 얼굴이 숨바꼭질하자는 이제 늙어버린 내 생 최초의 머시마 친구. 이렇게 만났다. 눈꺼풀이 무거워지며

몽롱한 잠 속으로 빠지려는 늦은 밤, 휴대폰이 부르르 몸을 떨어댄다. 부산에 사는 막내 이모가 부른다. 지칠 줄 모르는 재촉에 잠을 뚝뚝 흘리며 통화 버튼을 눌렀다.

다짜고짜 이름 하나를 대며, 아는 이름이냐고 묻는다. 이모의 가곡 교실 쉬는 시간에 다가온 학생이 정아를 아냐고 물어 내 전화번호를 알려줬단다. 잠식해 버릴 것 같던 잠은 순식간에 사라졌다. 먼저 친구 번호로 득달같이 전화를 걸었다. 얼마나 반가운 친구인지 긴 세월 잊고 지낸 안타까움으로 조급증을 참지 못했다.

대구로 발령이 나 시작된 객지생활이 벌써 삼십 년이 되어간다. 삶의 무게를 안고 많은 생채기를 경험하며, 본능이 돼버린 외로움이 언제나 발화되곤 했다. 외로움이 촉매제가 되어 감성을 통째로 흔들면 참기 어려웠다. 감정의 동물임에 화(anger)는 쌓이고, 몸 또한 스트레스 장애를 일으켜 세월 살에 굳은살을 덧붙인다고 느낄 때였다. 사면초가四面楚歌에 빠져버린 무기력하고 공허한 순간, 힘겨운 버팀으로 견디어 보려 바들거리기 시작할 때 끊어져 버렸던 어린 시절 친구들과의 통화, 그것만으로도 치유 능력은 발휘되어 무기력을 날려 버렸다. 긴 통화로 밤은 더 깊어졌지만 벌떡 일어나 콧노래를 부르며 만사 귀찮아 미뤄두었던 설거지를 했다. 좀 전까지 침대 위에 모로 누워 졸던 엄마가 부산을 떨어대니, 아이들은 어리둥절해했다.

며칠 뒤 부산으로 내려갔다. 삼십 년이 다되어 만난 친구들. 처음

보았을 땐 다소 낮이 선 듯했으나, 얼마 지나지 않아 우린 서로에게 익숙한 모습을 찾아 그때 그 시절로 돌아갔다. 오전에 시작한 수다는 한 밤이 되어 헤어질 때까지 빼곡히 채워도 아쉬움을 남겼다. 다음을 기약하고 배웅하는 친구들을 뒤로하고 대구행 기차에 올랐다. 막차 시간에 맞춰 역으로 향하며 기다려 주지 않는 시간이 야속하게 느껴졌다. 떠나있던 세월 동안 발전해 변한 부산 모습이 원망스럽게도 느껴졌다. 도로가 얼마나 잘 되어있던지 먼 거리라 생각했는데 몇 분 만에 도착했다. 이제는 짧은 작별이라 생각하며, 부산에서의 하루를 그렇게 끝냈다. 서운한 마음을 기차가 알았는지 37분 만에 동대구역에 데려다 준다. 친구들과 만나지 못하던 세월 나를 채운 가족 품에 도착했다.

형언할 수 없이 소중한 친구들, 잊고 지낸 친구들과 앞으로는 함께라고 생각하니 모든 것이 아름답게 보였다. 익숙한 침대에 누워 하루를 생각하니 많은 희비가 교차된다. 즐겁고, 기쁜 것과 구분되지 어떤 것. 남은 생에 기억될 또 다른 호박꽃 케잌을 무엇으로 만들지 걱정이 되는 게다. 언제나 나만의 색이 있는 여자, 남과 다름을 추구하며 살았다. '자기 본위本位'라는 말은 다양한 시각을 만든다. 같으면서도 같지 않은 것, 하나이면서 하나이지 않고 다양함을 만들고, 다름을 인정하는 작은 배려, 큰 가르침을 품고 살련다. 두 개의 눈은 하나의 사물을 바라봄에 15도의 각도 차가 난다. 어리석은 인간의 교만에 여백을 주는 신의 배려 같다. 사람의 감정은 순간순간이 다르겠지만, 변하지 않는 진실은 직면하는 현실과 체면을 무색하게 하는 차원 너머의 아름다움을 가졌다. 세상의 무엇과도 비교될 수 없는 아름다움이다. 삼십 년 넘게 잊고 지낸 호박꽃 케잌처럼.

바보 엄마

엄마라서 행복하다. 엄마만의 감동.
이것만으로도 수 없이 많은 어려움을 감사히 받을 수 있다.
아이들이 함께이므로 이겨내는 힘이 더욱 강건해진다.

무료해져 거실로 나오며 TV를 켰다. 화면은 보지도 않고 소파 위에 모로 눕는다. 오래된 습관이다. 그럴 때는 이리저리 채널 돌리는 것이 한가함에 대한 시위인지 감사인지 가름해보는 것조차 의욕이 없다. 무언의 꾸짖음에 정신이 번쩍 들어 자세를 고쳐 앉았다. 요즘 보기 드문 모습. 흰 수건을 머리에 두른 굽은 허리의 주름진 까만 얼굴, 쳐다만 봐도 정이 묻어나는 촌로村老의 모습. 바로 어머니 모습이다.

한갓진 어느 시골 어질러진 마당에서 허리 굽은 노모가 꾸러미 여러 개를 챙기고 있다. 무표정한 아들은 어머니 옆에 엉거주춤 서 보고 있다. 장면이 바뀌고 마당에 세워진 트럭 위에 어머니가 꾸려 주신 쌀부터 잡곡, 양념류, 저장용 채소 등이 가득 실려 있다. 자식네가 한겨울 넉넉히 먹을 먹거리들이다. 아들은 노모의 손에 용돈을 건네며 이 겨울은 자기 집에서 지내자 입 마른 말을 건넨다. 굽은 허리로 선 노모, 겨우내 할 일이 많아 집을 비울 수 없다며 말을 맺지 못하더니, 해지기 전에 출발하라고 아들의 등을 밀며 재촉한다. 트럭은 출발하고 어머니는 비탈진 오래뜰 위에 쪼그리고 앉아 멀어져 가는 아들을 쳐다보고 있다. 멀어져 가는 트럭을 쫓던 어머니의 눈에 붉은 황혼이 물든다.

볼을 타고 내리는 눈물을 곁에 있던 아들이 닦아 준다. 감동과 흥분을 잘하는 엄마의 눈물, 아이는 익숙하다. 애벌 수염이 숭숭히 난 아들이 엄마를 보며 한마디 한다.

"저 할머니가 꼭 엄마 같네."

깜짝 놀라 모든 감동이 먹빛으로 변했다. 거룩함을 느끼게 하던 그 어머니를 닮았단 소리가 좋지가 않다. 눈물샘 꼭지를 잠그고 담담한 척 어디가 닮았느냐고 물었다. 본인 것은 챙기지 않고 아낌없이 자식에게 다 내어주는 모습이 엄마를 닮았다고 말하는 아들. 바보 엄마. 아들이 빨개진 눈으로 멍한 엄마 어깨를 감싸 안는다. 따뜻하다. 아들의 마음을 헤아리지 못한 엄마. 닮았다는 말에 초라한 촌로의 모습만 보고 꺼렸던 엄마. 맨발로 뛰어도 아들 반도 따라가지 못할 모자란 엄마다. 아들에게서 포근한 온기가 전해졌다. 어릴 땐 유난히 엄마 등에 붙어살더니, 자란 아들의 체온에 엄마 마음은 모실거리는 구름을 밟는 기분이 된다. 외할머니는 몇 년 전 아흔을 본래 오셨던 곳에서 맞으러 가셨다. 많이 사랑했다. 어릴 때부터 외가에서 자란 탓에 할머니는 엄마고, 나만의 하나님이었다. 자식의 자식까지 젖 물려 키우신 외할머닌 돌아가실 때도 타지에 있는 나를 생각하셨다. 입관도 나를 기다려 밤늦게 거행되었다. 할머니는 질풍노도의 세월, 일제강점기와 한국전쟁을 견뎌내셨던 대한민국 어머니상의 표본이다. 하늘 같은 사랑으로 품고 베풀며 나누어주던 성품, 따뜻하고 지혜롭던 분, 바르기가 대쪽 같던 키 작은 거인이었다.

남편을 어린 자식보다 먼저 챙겨야하는 운명의 어느 모정. 어릴 때부터 부모와 떨어져 자라는 자식이 애잔함에도 품는 것보다 자존을 먼저 가르쳤다. 표현하는 사랑보다 삭히며 억제하는 사랑은 극기이다. 어린 딸은 계모라 추측하며 어느 다리 밑에서 주워왔는지 물어보리라 헛된 다짐을 여러 번 했단다. 어리석은 딸은 많은 미움을 키웠다. 천륜인 모녀지간. 어머닌 방학이 되어 찾아온 딸을 꼭 읍내 시장에서 바나나를 사주었다. 70년대 초반의 시골 장터, 바나나는 아주 비싸고 귀했다. 손에 쥔 바나나가 아까워 언감생심 베어 물지 못했다는 그녀. 바나나는 입안에서 녹았다. 빨아 먹던 바나나가 어머니의 사랑임을 그때는 몰랐단다.

엄마가 돼서야 사랑은 대상이 누구든 자기희생이 따른다는 걸 배웠다. 표현하는 사랑과 쟁여두는 사랑, 세상의 모든 사랑은 하늘이다. 바보는 엄마가 되었다. 복이 많은지 자식에게 사랑을 받다니. 외할머께 죄송해 눈물은 더 뜨거웠나 보다. 아들이 미소를 지으며 결정적인 한마디를 한다.

"엄마 내가 잘할게요. 엄마 곁엔 항상 내가 있잖아요. 울지 마세요."

이제 울지 않으련다. 어머니는 올곧아야 한다. 흰 수건은 챙 넓은 모자로 바뀌고, 선크림이 까만 얼굴을 예방하는 세상이 되었지만, 어머니는 변하지 않는다. 무성한 잎으로 덮여 한 치의 푸른 하늘이 보이지 않더라도 본능에 따라 땅속의 뿌리는 자양분을 위로 보낸다. 초록이 짙은 산속에서 나무를 보며 어머니를 생각한다. 가슴에 간직한 얼굴을 떠올린다. 그리고 불러 본다.

"어머니"

아들과 계약하다

생각만 해도 미소를 머금게 하는 아들, 성장해가며 잊혀져가는 모습들이 안타까워
불가능인줄 알면서 엄마는 못내 기억들을 붙잡으려 한다.
세월이 지나면 아들도 알 것이다. 엄마가 아들로 인해 얼마나 행복했는지를.

마음 다잡기가 어렵다. 막내가 고3, 삶의 후반부로 들어선 여자
로 마지막장을 장식하듯 벌써 젊음은 사라지고 없다. 남자들은 이
해할지 못하는 극에 닿을 듯한 우울함에 스멀거리며 외로움이 피
어오른다.

무의식중 얼굴이 가려워 긁다 보니 각질이 인다. 홍반을 동반한
알레르기 증상으로 후덕해진 뺨에는 세월의 굳은살과 붓기까지 가
세해 심술을 부려댄다. 눈 밖으로 밀어내는 물기조차 증상에는 별
반 도움 되지 않는다.

숙명처럼 흐르는 세월이 밉다. 외면할 수만 있다면 돌로 변한다
해도 주저 없이 메두사를 쫓으리라.

약속할 때는 당연히 지킬 것으로 생각했지만, 계약이 끝나감에
따라 고민이 되었다. 떨떠름해 하는 아들에게 고2까지 '귀여운 아

들' 하라고, 억지로 손가락 걸고 도장 찍으며 복사까지 했다. 계약 내용인즉, 사랑스러운 아들을 유지하는 것. 엄마는 문득 상실감을 느끼곤 했다. 훌쩍 커버린 아들이 대견했지만, 어색할 때도 있었다. 귀여운 아들을 좀 더 품고 싶은 여물지 못한 모정. 어리석음이지만 달리 방법이 없었다.

아들의 사춘기 즈음부터 낯선 불편함을 느껴야 했다. 아들은 샤워한 뒤 좁고 습기 찬 욕실에서 힘겹게 겉옷까지 챙겨 입고 나왔고, 아침 잠자리에서 쭉쭉 다리를 주무르면 엄마 손을 잡으며 그만하라는 의사를 표시했다.

이젠 아들 방에 거친 휴지 대신 티슈를 놔줘야 할 때라던 친구들의 수다가 생각나, 손잡는 것 외엔 신체접촉을 피하게 되었다. 아빠는 모자의 스킨십을 자제하라며 무정히 말하곤 한다. 급기야 자라는 아들 마마보이 만든다고 딸아이까지 엄마를 놀리듯 말하며 아들만 예뻐한다고 심술을 부리면 진짜 속이 상했다.

해결책으로 맺은 계약, 고2의 학년 말이 되자 기한이 다 되어가는 것을 아들이 은근히 체크하는 눈치다. 그동안 애교를 부려주기가 내심 낯간지러웠나 보다. 고민하다가 아들 녀석을 설득하기에 나섰다. 평생 엄마 곁에 있을 시간은 한 해뿐이라고. 대학생이 되거나 입대를 하고, 사회인이 되면 엄마와 아들은 대한민국 국민 여러분의 범주에 속할 뿐이라 최후의 회유를 하며 한 해만 계약을 연장하자고 엄포를 놓았다. 아들은 생각해 본다고 했지만, 꽤 시간이 지난 뒤까지 대답을 안 한다. 엄마는 일방적인 계약 연장 모드로 들어갔다.

계약 연장을 발표하자 아빠는 고개를 저었고 무뚝뚝한 딸의 입막음은 되었다. 엄마의 '사랑해' 소리에 '응' 이라고 대답하는 아들. 계약 중이란 생각만으로도 행복한 엄마. 호시탐탐 아들에게 역으로 어리광을 부린다. '아들, 어디야? 보고 싶어 빨리 와라.' 문자를 보내면, 아들은 동그라미 두 개로 답을 한다. 아무리 아쉬워도 세월은 흐르듯 아들이 아이에서 성인으로 성장함은 기쁨으로 받아들인다.

가족에게 사랑을 표현하라고 말한다. 경상도 사나이의 무뚝뚝함도 변했다. 사회생활과 대인관계에 감정표현을 자연스럽게 못 하면 문제가 생긴다고 유도를 꽤 오래 했다. 식구들에게서 효과가 여실히 나타났다. 밖에서 일을 보다 기운이 떨어져 집으로 전화하면 사랑해와 파이팅으로 에너지를 건네는 가족들, 그렇게 되기까지 엄마의 일방통행은 투쟁에 가까웠다. 비교적 무뚝뚝한 딸아이도 엄마의 행동이 선행학습 되어 엄마가 되면 친절한 그녀가 되리라 믿는다.

새벽에 등교하고 새날이 시작되어야 집에 들어오는 아들이다. 이제는 전처럼 일주일에 한 번 노래 경연 프로도 같이 보지 못하고, 엄마를 위해 MP3에 좋아하는 노래도 다운 받아 줄 마음의 여유가 없다. 아들도 요즘 무척 피곤한 하루를 보내고 있다. 그러나 그런 아들을 엄마는 아쉬워하지 않는다. 아들의 다정한 미소만이 계약 이행의 전부라도 들 여문 엄마는 아침, 저녁으로 아들을 보며 음식 챙기는 것으로 만족해한다. 존재만으로 아들은 이미 임무를 다하고 있다. 그래도 계약은 아직 연장 상태.

귀가한 아들이 뉴스를 검색하며 주스를 마신다. 아들이 어릴 때 우유를 잘 마시라고 엄마는 아들 목에서 들리는 '벌컥벌컥' 소리가 세상에서 제일 좋다고 말하면, 엄마 귀에 대고 입가에 하얀 우유 묻힌 아들이 웃음과 우유를 벌컥거리며 마셨었다.

사랑하는 아들 마음 한편에 엄마를 세기고 싶은 것은 욕심일까. 알지만 그럼에도 불구하고 포기가 되질 않는다. 아직 계약기간은 남아있다. 행복도 남아 있다.

술, 흐름으로

친구 L이 들려준 얘기. 부러웠다.
술 때문에 행복한 것이 아니라 함께 나누는 이야기와 웃음,
공감에 행복해지기 때문이다.

술을 더러 마신다. 사람들과 나누는 분위기를 안주 삼아 마시고, 친구와 마음을 나누며 우정을 마신다. 남편과 소박한 술상을 마주하고 삶의 고뇌와 기쁨들을 마신다. 어떤 날은 살짝 긴장을 풀려고, 어떤 날은 그리움 때문이다. 글라스에 찰랑거리는 맥주로 오랫동안 입술만 적시기도 한다. 마심보다 남김이 많아도 개의치 않는다. 입가에 묻어나는 술내에 굳었던 사고가 유연해지는 걸 즐기기 위해서다. '삶의 유연제' 술에 붙인 이름. 술을 즐기되 술꾼은 되지 못한다. 높은 도수의 술은 독해서 몸서리를 치고, 배합해서 분위기를 함께 마시게 되는 칵테일은 얻는 기분에 비해 경제성이 떨어져 마시길 꺼린다. 시원하게 반나절쯤 냉장고에 들어가 몸을 식힌 차가운 맥주가 좋다. 냉장고 속 맥주는 생각만으로도 소박한 행복을 느끼게 한다. 친구 L이 수학여행으로 들떠 있던 고등학교 2학년 때. 일찍

귀가하신 아버지가 안방에서 부르셨다. 비닐봉지에서 미제깡통 맥주 2개를 꺼내 하나를 건네시며 술은 어른에게 배워야 조심성과 책임감을 배운다 하시면서. 그렇게 익혀진 L의 주도酒道는 지금까지 넘치지 않게 지켜졌다. 평소 L의 아버지는 술을 못 드셨다. 알코올이 흡수되며 귀부터 시작해서 발바닥까지 빨갛게 몸 색을 변하게 했다. 그러나 그날은 각자의 맥주를 다 마셨다. 자식을 가르친다는 책임감이 아버지에겐 힘이 되었고, L에겐 아빠의 배려가 최대의 교육이 되었다. 그래서인지 술 때문에 벌어진 실수는 거의 없단다. 힘겨운 상황이 어쩌다 만들어져도 아버지를 생각하면 이겨 낼 만했고, 가끔 '취중 진담'을 가장해 더 많이 취한 척 할 말을 할 때는 있지만 이러함은 상대에게 하고픈 말을 다 하기 위한 얕은 꾀의 발로란다.

난 대학 1학년 때 선배들에게 어렵게 받은 소주잔으로 체증에 걸려 일주일을 앓아누운 적이 있다. 그것이 일명 술 몸살이라 했다. 그 뒤 불혹을 넘길 때까지 소주는 입에도 대지 못했다. 요즘은 가끔 소주를 마신다. 다른 술도 더러 한다. 술 종류보다 함께인 사람들과 나누는 즐거움을 더 소중히 여기므로 굳이 많이 마시지 못하는 술의 종류를 따지지 않는다. 사람들의 흥에 같이 취해 그들의 분위기에 편승한다. 모두가 함께한 자리에 잘난 나는 없다. 모두 하나가 된다. 여럿이 하나가 되는 오묘한 위력을 다음날이면 여실히 느낄 때도 있다. 그런 아침이면 다시는 넘치지 않으리라 생각하지만, 좋은 사람들과 함께하는 자리, 술은 즐거움 유연제가 되므로 어찌 사랑하지 않을 수 있겠는가. 그런 자리는 빠지려 하지 않는다. 나와 가장 술을 많이 마신 사람을 꼽자면 남편이다. 숙기가 없던 총각과 날카롭고 예민하던 처녀의 연애담은 수줍게 마주 잡은 와인잔과 함께 아름다운 역사를 만들었다. 삼십 년이 되어가는 지금도 가끔 술자리에서 남편은 친구가 된다. 취중을 빙자해 연애 시절 그 와인이 아니었다면 우리는 각자 다른 삶을 살았을 거라고 애석한척 말을 건네면 남편은 답한다. 만나야 할 인연은 만나게 되어 있는 것이 운명이라고. 콧방귀를 날렸지만, 나 또한 인연을 믿는다. 남은 생도 남편과 친구들로 쓰일 내 술 역사를 생각하며 하나씩 만들어질 인연이 기대된다. 행복한 미소가 옵션으로 붙는다. 목줄을 타고 내려가는 시원한 맥주 한 모금, 화끈함과 따뜻함이 함께 삼켜진다. '하!' 소리가 절로 나온다. 술과 더불어 만들어지는 행복한 기억들은 여러 색이 멋스럽게 어우러진 한 점 그림이 되리라. 그리고 멋진 시간들이었다고 훗날 다른 시공으로 여행가며 기억하고 싶다.

이재경 수필집

생각

2부

깊이
생각하기

괜찮아, 괜찮지? 괜찮을 거야!

> 친구의 아픔을 내 아픔처럼 생각하며 살았다.
> 다행스러운 건 아픔도 나누지만 기쁨도 나누는 것이다.
> 친구가 많은 부자로 살고 싶다.

오늘도 아프다. 살면서 많이 아파야 하는 게 꺼려진다. 나와 남을 가리지 않고 고통을 받을 때 이겨낼 수 있게 서로 위로하지만, 내 일이 아닌 일에 번거롭게 나서서 신경 쓰기 귀찮은 것도 사실이다. 고통을 겪어야 하는 것은 어떤 것이라도 외면하려 한다. 그러나 아프지 않고는 성숙할 수 없다니 피할 수도 없는 일. 이런 것이 태어날 때부터 정해진 운명이라는 것일까.

건너편에 앉은 친구의 휴대폰이 요란하게 울리며 편안한 분위기를 깨 버렸다. 친구는 얘기 끝에 웃음을 매달며 전화를 받았다.

전화를 받은 친구의 얼굴은 실황 방송처럼 점점 굳어졌고 급기야 황당한 표정으로 얼굴을 붉혔다. 건너편에 앉은 내 귀에까지 시끄럽게 소리가 들렸다. 내 얼굴이 걱정스럽게 변했던지, 친구가 대화 중 조용히 전화를 끊었다. 황망한 눈동자에 눈물을 머금고 쳐다본다. 무슨 일이냐고 연거푸 다그치듯 물었다. 쉬 대답을 하지 못한다. 나부터 답답한 마음을 진정시켜 대답을 조용히 기다리자, 자초지종 얘기를 했다. 그녀가 운영하던 학원의 수강생 아내가 남편을 의심하는 병이 있어, 남편과 자기 사이를 오해해 난데없이 전화로 입에 담지 못할 욕을 하더란다. 너무 어이가 없어 대답 한마디 못했다며 억울하다고 했다. 더 황당한 것은 문제의 그 수강생은 3년 전 두 달 수강한 사람이고 그 뒤 본 적도 없단다. 세상에 별일도 다 있다며, 재수 없다고 생각하자 말은 했지만, 기분은 영 떨떠름했다. 앞으론 그 전화 받지 말라고 친구의 전화기에 번호를 스팸으로 등록시켰다. 친구는 19년째 혼자 아이를 키우며 사는 싱글 맘이다. 남편이 있어 억울함을 해결해 줄 처지가 아닌 것이 내 마음을 더 아프게 했다. 친구를 누구보다 잘 알지만 나도 예전같이 성급하게 행동할 수 없었다. 그날은 괜찮을 거라고 위로해 주고 헤어졌다. 그 여자는 밤을 새우고 그 다음 날 오전까지 전화를 받지 않자 문자를 수십 통 남기며 친구를 괴롭혔던 모양이다. 밤새 한숨도 못 잤는지, 점심을 먹자며 집으로 찾아온 얼굴은 어제와 사뭇 다른 모습이다. 점심을 먹는 둥 마는 둥 하며 보내온 문자를 보니 문제가 심각해지고 있었다. 친구는 난생처음 겪는 일에 어쩔 줄 몰라 했고, 억울한 소릴 듣는 자신의 처지가 더 아프다며 울기만 했다. 그냥 있을 수 없었다. 정 안되면 변호사를 통해 명예 훼손으로 고발하자며, 문제의 그 남편을 불러 얘기를 들어보고 경고 먼저 하기로 결론을 내렸다. 그 남자를 만났다. 그 남자는 자기 아내가 친구에게 전화한 걸 모른다고 했다. 너무나 뻔한 거짓말에 나는 화를 내고 말았다. 어쨌든 일은 잘 해결되었고, 친구에게 잊자고 말을 했지만, 그때부터 친구의 문제가 아니라 내 문제가 되어버렸다. 집으로 돌아와 한참 거울을 보았다. 거울 속 여자는 낯은 익지만 내가 아니다. 험악하게 인상을 구기고 앉아 붉어진 낯빛에 깊은 주름살이 패인 영락없이 대찬 막무가내 아줌마 얼굴. 누구에게 억울한 소릴 들어도 대답조차 제대로 못 하고 왕방울 같은 큰 눈에 눈물부터 머금던 예전의 여린 모습은 없었다. 비참해졌다. 왜 이렇게 되어버렸는지 도저히 수용할 수 없는 현실에 가슴이 아려왔다.

산전, 수전, 공중전, 게릴라전이라더니. 땅굴 전까지 경험한 베테랑 전투병기로 변하다니. 누구에게라도 질세라 기세등등하게 유비무환 정신으로 중무장해 어느 방향의 공격도 이겨낼 각오가 선 서슬 퍼런 특수 부대원. 좀 전에 만났던 그 남자의 얼굴이 떠올랐다. 그는 내 앞에서 처음엔 농담처럼 웃었다. 그것이 실수였다. 내 눈동자를 스치는 섬광에 그는 한참 곤혹스러움을 견뎌야 했다. 그도 친구가 처음 전화를 받을 때처럼 표정이 변해갔다. 매보다 육두문자의 그림자도 보이지 않는 차가운 말이 더 아픈 듯 그는 어깨를 떨구고 진땀을 흘렸고 허리 숙여 사과하며 돌아갔다. 처리가 원하는 대로 되지 않으면, 명예 훼손으로 형사 처분 받도록 하겠다고 엄포를 놓았다. 그는 잠시 자신의 처지를 살펴달라며 그런 정신병자와 평생을 살고 있다고 호소를 했다. 오리발을 연상시켰다. 결국 쾌심죄까지 가중되어 버렸다. 그렇게 병이 짙어지기 전에 치료를 받게 하거나 어떠한 조처를 했으면 억울한 사람이 생기지는 않을 것 아니냐며, 남편의 무관심과 무책임은 배우자에 대한 방임이며 나아가 죄를 조장한 종범이니, 아픈 아내보다 성한 사람이 자기 식구 건사 못한 것이 더 큰 죄라고 호댄 소리를 했다. 이유 없이 억울한 소릴들은 친구는 재수 없다고 여겨지겠느냐고 역지사지를 해보라고 격하게 말을 했다. 정신적인 피해보상까지 하지 않으려면 알아서 해결하라, 기세를 떨던 내 이마는 주름이 깊이 패 망나니의 형상을 하고 있었다.

억새처럼 변해버린 자신의 모습에 사뭇 충격을 받은 나는 그 여운이 오래 남았다. 그때부터 버릇이 하나 생겼다. 거울속의 자신과 얘기하는 것이다.

"그래 괜찮아, 너무 신경 쓰지 마. 이제 괜찮지? 조금만 더 시간이 지나면 괜찮을 거야."

자신을 위로하는 방법이다. 어떤 일이 벌어져도 긍정적으로 받아들이는 것이 제일 중요하다. 어차피 세상일이라는 게 예상한 대로는 되지 않으니, 순간순간 대처하며 위로의 말을 하면 놀랍게도 마음에 여유가 생겼다. 아팠던 만큼 성숙하려면 웃으며 살자고 굳게 마음을 먹는다. 거울 속으로 웃음을 건네며 하루를 시작한다. 즐거운 하루를 잘 보내고 저녁에 만나자고. 신기하게도 하루가 무탈하게 지나간다. 저녁에 귀가해 거울 앞에서 언제나처럼 말할 것이다.

"오늘은 괜찮아, 괜찮지? 앞으로도 괜찮을 거야."라고.

문득 깨닫다

정말이지 특별한 경험이다. 감정 이입과 고조,
해소를 한꺼번에 느껴 본 기분이랄까. 이러한 경험을 더러 한다면
세상을 좀 더 진지하게 살아가지 않을까 싶다.

깊은 밤이었다. 무심히 틀어놓은 노래를 들으며 운전을 하다가
텅 빈 줄도 몰랐던 가슴으로 노랫말이 들어와 꺼이꺼이 울고 말았
다. 자동차 시동을 켜면 자동으로 작동되어 듣는다는 의식 없이 오
랫동안 듣던 노래였는데, 순간의 감정 코드와 일치해 생뚱맞게 장
난 같은 일이 벌어졌다. 한밤 수성 못을 낀 오거리의 8차선 도로 위
를 달리며, 잘못을 반성하고 눈물을 흘렸다. 뜨거운 눈물이라는 말
처럼 정말 볼을 타고 흐르는 눈물이 뜨거웠다. 그리고 십여 분을 달
려 아파트 주차장에 도착할 즈음, 감정은 잦아들고 눈물은 말라 좀
전에 일어났던 일이 마치 거짓말처럼 느껴졌다. 가벼워진 기분으로
차에서 내리며 엉뚱한 기분에 소리 내어 웃어버렸다.

도심 한복판에 있는 절 앞을 하루에도 몇 번씩 지나쳤는데, 며칠

전 문득 그 절 지붕에 몇 년째 사방을 내려다보고 계신 황금 빛깔 부처 입상立像과 우연히 눈이 마주쳤다. 이 불상도 세어 보지는 않았지만 수십 수백 번도 더 보았을 텐데, 그날 무심히 올려다본 순간 부처상으로부터 뜨거움이 가슴으로 전이 되었다. 똑똑한 척 고개 들고 살며 자신을 몰랐던 그지없는 어리석음이 불현듯 느껴져 부끄러워 얼굴이 붉어졌다.

토요일 밤, 몸이 게을러져 귀찮다는 생각으로 모든 것을 미루고 침대 위에 모로 누워 멍하게 텔레비전을 보고 있었다. 화면에는 중국의 청각장애인으로 구성된 무용수들이 출연해 '천수관음 보살'을 표현하는 무용舞踊을 하고 있었다. 구경거리라는 의식조차 하지 못하고 덤덤하게 보던 순간 번개를 맞은 듯 표현할 수 없는 전율이 척추를 타고 내리며, 전신을 덮고 있던 무력감을 날려버려 널브러지듯 누워있던 자세를 고쳐 바르게 앉았다. 그리고 그들의 모습에서 '천수관음 보살'이 현신現身한 듯, 합장하며 '관세음보살'을 중얼거렸고 곧이어 어리석은 이 중생을 깨우쳐 달라는 기도로 올렸다. 신은 세상 어디 아니 계신 곳이 없음을 그 순간 느낀 것이다.

나에게만 일어나는 일은 아닐 것이다. 사람들은 예상하지 못한 순간에 미처 몰랐던 것을 깨닫고, 깨달음을 자신의 정신과 행동의 양식으로 삼는다.

가슴에 새겨 다시는 잊지 말아야지 다짐해도, 얼마 지나지 않아 잊어버리고 같은 일을 또 경험하게 되면 객관화된 시선으로 어이

없는 상황을 연출할 때도 있다. 그럴 때면 습관처럼 떠오르는 생각,
　"바보 이젠 늙었나 보다. 그렇게 잊지 않겠다고 다짐해 놓고 그새
그걸 잊고, 어리석은 짓을 또 하다니. 쯧쯧쯧!"
　독백하듯 중얼거리게 된다. 이럴 땐 자신이 바보 같고 좀 더 현명
하게 살 수 없는지 안타까움에 젖게 된다.

　인간을 '망각의 동물'이라고 한다. 우리에겐 잊어버리기, 비우
기, 지우기 등의 인위적인 방법이 아니더라도 자동 삭제 기능이 있
어 오히려 인간다움을 지킬 수 있다는 생각이 든다. 좋은 기억은 오
래 기억하고 싶고, 영원히 간직하고 싶어 하는 것이 욕심이리라. 잊
을 수 있기에 오랜 기간 기억되는 생각이 세월의 흐름 속에서 더 소
중하게 느껴지는 게 아닐까. 인간본능에 세상의 법칙이 작용해 소
통하고 교감하는 아름다운 감정으로 가꾸게 하는 것이란 생각이 든
다. 그 어떤 것도 잊을 수 있고 더러 잊히는 것에 감사해야겠다. 욕
심내지 말고 그저 주어지는 대로 기억하고 또 잊으며 살다 보면, 생
각과 감정들은 정화 과정을 그쳐 맑고 투명한 물과 수증기처럼 순
환될 것 같다. 그렇게 살아가는 삶, 살아내는 삶이 진정 우리가 지
향해야 하는 삶이 아닌가 싶다. 이순간의 이 느낌은 몇 초, 몇 분짜
리일지는 모르나 이러함을 느낄 수 있음이 행복이며 감사함이란 생
각은 망각하지 않고, 오랫동안 기억할 수 있기를 간절함으로 바라
본다.

산중진실

산에서는 산속 생물들이 주인이다. 언제나 그들에게 방해되지 않으려
조심히 다닌다. 우리 동네가 앞산 자락에 있다는 것이 아주 좋다.
좋은 글감이 지천이다. 항상 감사하며 산을 찾는다.

심장이 터질 것 같다. 온몸은 땀으로 흠뻑 젖었다. 발끝에서 끌어
오르는 열기를 주체하지 못해 그렇게 매일 그 벤치에 앉는다. 한숨
을 돌리기가 무섭게 친구가 나를 찾는다. 빨리 원하는 것을 주지 않
으니 성질이 나는 모양이다. 빨리 먹을 것을 달라는 그의 동작이 결
국 웃음을 짓게 한다. 조금만 기다리지, 조금 더 쉬게 해주면 좋으
련만, 아무리 중얼거려도 성질이 급한 그는 결국 내 앞에 서서 두
손으로 먹을 걸 잡고 먹는 시늉을 한다. 키만큼 큰 꼬리를 살랑거리
며 재차 재촉이다. 그래도 주지 않으니 내 발 앞에까지 다가온다.
졌다. 사과 한 입을 베어 주고야 말았다. 매일 반복되는 그와 나의
실랑이는 언제나 내가 져야 끝이 난다. 그의 동그랗고 커다란 두 눈
에 속수무책으로 무너지기 때문이다.

일주일에 서너 번. 한가한 오전 산에 가기 위해 집을 나선다. 아

파트 단지 밖 건널목에 도착하면 여기저기 산으로 향하는 사람들이 신호를 기다린다. 매일 같은 시간대에 보는 얼굴도 있고 그날 새로 등장한 사람도 있지만 그런 건 아무런 의미가 없다. 모두가 무표정한 얼굴로 앞만 쳐다보다 초록으로 신호가 바뀌면 뜀박질 없는 경보경주를 하듯 걷는다. 1km나 되는 등산로 초입 산책길을 누구 하나 시선조차 마주치지 않고, 주변의 경관을 둘러보며 여유로운 걸음 걷는 사람도 없다. 하나같이 바쁘다. 운동 효과를 올리기 위해 땀을 많이 흘려야 하니 빠른 걸음으로 걸을 뿐 주변의 환경도 사람도 그들에게 장애물로 인식되는가 보다. 집에서 출발해 여러 개의 등산로 중 정해놓은 곳으로 걷기 시작한다. 그곳에서 쉬었다가 왔던 길을 되돌아온다. 관리 사무소 위쪽의 운동 시설에서 훌라후프와 원판 위에서 허리 돌리기를 하고 다시 집으로 향한다. 왕복 두 시간 반이 소요되는 거리가 운동코스다.

나날이 늘어나는 건강하지 못한 징후들, 즐거운 맘보다 억지에 가까운 부담으로 시작한 등산은 빠른 걸음 연습에 불과했다. 마음에 여유가 없으니 즐겁지 못하고 산천초목이 눈에 들어오지 않았다. 산속에 있으되 산을 느끼지 못했다. 등산로에서 부딪치는 사람은 훼방꾼 같아 묵묵히 피하고, 귀에는 MP3를 꼽고 눈은 땅을 파며 한 손엔 핸드폰만이 땀에 젖을 뿐 매번 걸음만 재촉했다.

그날은 대죽 나무의 하얀 꽃이 무심한 시선에 들어왔다. 땅만 파던 눈을 들어 나무를 보니 바람결에 꽃이 떨어지고 있었다. 신기하게도 꽃잎이 떨어진 모양이 나무가 드리워진 그림자인 양 그렇게 닮아 있었다. 꽃잎이 떨어진 그곳에 자그마한 다람쥐 한 마리가 열심히 뛰어다니며 떨어진 꽃 속에 숨은 보석이라도 찾는 양 분주하게 움직였다. 나와는 이삼십여 미터 정도 떨어진 거리. 다람쥐에게 방해되기 싫어 걷던 걸음을 멈추었다. 자그마한 귀여움에 미소가 지어졌다. 다람쥐는 나를 알지 못하고 열심히 자기 일만 한다. 살랑 살랑 몸동작 따라 치켜세워진 꼬리가 흔들렸다. 꼬리가 깃털 같다는 생각이 들 때, 다람쥐는 어느새 내 맘속에 들어와 있었다. 산을 찾은 지 꽤 오랜 시간이 지난 뒤였다. 다람쥐에게서 눈을 떼고 주위를 둘러보았다. 나는 산에 있었다. 그때 첫 마음의 눈으로 산을 살펴보게 된 것이다. 다람쥐는 위쪽에서 내려오는 누군가의 인기척에 놀라 잽싸게 어디론가 사라졌다. 난 그 자리에 서서 내려오는 사람이 지나가도록 움직일 수 없었다. 자연을 찾아 자연 속을 오가면서 그곳을 느끼지 못하다니 작은 충격이 전율로 변했다. 귀에 꽂고 있던 MP3을 껐다. 개안한 듯 주변이 환하게 밝아진다. 다람쥐 덕분에 마음의 눈을 뜬 것이다. 다람쥐와의 짧은 만남이 준 감미로움에 행복해하며 다시 걸음을 옮겼다. 졸졸졸 흐르는 물소리, 미풍에 흔들리는 사각거리는 나뭇잎 소리, 간간이 들려오는 이름 모를 산새의 지저귐에 '아, 난 산에 있는 거야!' 가슴은 색다른 감흥으로 차오른다. 다음날부터 산이 좋아 산과 데이트하듯 새로워진 모습에 휴대폰 사진으로 기록하며 감탄하고, 미소 지어 말을 건네며 작은 소리로 초목과 이야기를 나누면서 즐겁게 지내게 되었다. 비 온 뒤 불어난 계곡의 물소리에 감탄사를 날리면서 웅덩이 속의 물고기는 잘 있는지 살폈고, 비에 젖어 촉촉해진 나뭇잎엔 빗살의 따가움을 잘 견디었다고 칭찬도 해준다. 물살로 밀려 떠내려온 계곡의 작은 돌들에겐 여행은 좋았느냐고 안부도 묻는다. 더운 날엔 물가에 내려가 차가운 계곡 수에 세수도 하고 수건 적셔 목에 둘러 냉찜질로 열기를 시키며 그 차가운 물에 고마워하기도 한다. 내가 정한 목적지인 약수터의 벤치에 앉아 산을 안고 내려다보며, 불어오는 바람과 한참을 얘기도 한다. 마음을 여니 산은 친구가 되어 주었다. 벤치에 앉아 얘기하다 보면 세상만사 모두가 허상처럼 느껴질 때도 있다. 관념은 어리석은 이상에 불과했다. 목표를 세워 욕심을 부리니 불만과 실망이 돌아오는가 싶기도 하다. 아집 속에 관념 지어 제대로 안 된다 투덜거렸으니, 난 참 어리석은 인사라 반성도 되었다. 주변 사람들에게 나의 기준을 잣대로 삼으며 판단하려 들었으니, 진정한 행복과 만족을 얻을 수 없었다는 걸 알게도 되었다.

이렇듯 산중에서 느낀 진실을 정확하게 개념 지울 순 없다. 그저 다르면 다름을 인정하고 수용하리라 마음을 다잡기도 했었다.

그저 누구든 하고 싶은 대로 하라 하고, 가지고 싶은 욕심을 채워주면 좋은 사람이고 조금이라도 어긋나면 싫다고 배척하고 밀어낸 기억들. 조물주가 위에서 내려다보면 얼마나 한심하다고 했을지 상상도 해 보았다.

아이 적에 한 종이인형 놀이가 생각난다. 내가 하고 싶은 대로 집도 꾸미고 옷도 입히고 얘기도 했다. 하고 싶은 역할은 매번 바뀌었다. 그러다 재미가 없으면 뭉쳐 밀어 버리고 이내 다른 놀이를 했다. 모든 것이 내 맘대로 하고 싶은 대로였다. 친구와 놀이를 하면 꼭 배역에서 다툼이 일어났다. 양보해 한 사람이 따라가지 못하면 그 놀이는 금방 말싸움으로 끝이 난다. 어른들의 세상도 별로 다를 것이 없다.

꽤 오랜 시간을 불면증으로 고생한 적이 있다. 밤은 깊어지고 시간은 새벽이 되어 가는데 아무리 뒤척여도 잠이 오지 않던 날이면, 신처럼 집집이 위에서 내려다볼 수 있다면 얼마나 재미날까 하고 다소 유치한 생각을 했었다. 같은 시간대의 여러 집, 각자 다른 사연으로 연출되는 장면들. TV리모컨을 누르는 것처럼 메뉴판을 만들어 골라 가며 볼 수 있겠다는 생각도 들었다.

산으로 산책을 간 뒤부터 나에게 제일 먼저 생긴 변화는 불면증 해소이다. 진심으로 나누는 산속에서의 대화로 스트레스가 쌓이지 않게 되었고, 세포에 배겨 힘들게 했던 습은 흐르는 땀 속에 실려 배출되었다. 열심히 걷고 운동하느라 지친 육체는 밤이 깊어지면 어느새 단잠에 빠져들었다.

자연은 사심을 용납하지 않았다. 진심으로 가지고 얻으려 노력하는 자에게는 베풀어 주었다. 산은 나에게 욕심 없이 살라 하며 진실한 뭉치를 주었다. 오늘도 산으로 여유로운 산책하러 갔다. 그곳엔

거짓이 없는 세상이 있고 허울 벗은 나의 진실이 있다. 매일 찾아도 또 찾고 싶은 참 아름다운 것이다.

크리스마스 선물처럼

밑 빠진 독이 자식이란다. 뚫린 걸 알면서도 부을 수밖에 없는 물이 부모의 사랑이다.
이론적으론 이해불가이고 감성적으론 행복 만땅이다.
때때로 부을 수 있는 자식의 존재가 고맙다.

#1. 배경 : 식당 안

낯선 도시를 헤집어도 일요일, 한가한 도심의 중심가에서 고깃집은 보물찾기. 관광도시라 사람들은 관광지로 몰리고 시내는 뜻밖에 한가하다.

힘겹게 찾은 고깃집에서 두툼한 삼겹살이 제 살 녹인 기름에 자글거리며 노릇노릇 굽히고 있다. 남자는 고기 굽는 일을 즐긴다. 테이블 건너 앉아있는 다 큰 자식들은 고기 구울 때 미소 머금는 남자 얼굴을 보고 자랐다. 다른 건 몰라도 고기 굽는 실력은 남자가 여자보다 월등했다. 가족들을 바라보며 여자는 테이블에서 조금 비켜 앉아 채소를 뒤적인다. 손끝의 움직임이 부드러운 걸 보니 기분이 좋은 모양이다. 아이들이 구워진 고기를 먹을 때 여자는 상추에 밥을 싸 먹는다.아이들이 왜 고기를 안 먹느냐고 묻자, 여자를 보던 남자가 구워진 고기를 여자의 앞 접시에 올린다. 여자는 올려진 고기로 쌈을 싸 남자의 입에 넣어준다. 남자의 사양은 언제나처럼 쌈이 입속으로 사라짐으로 끝이 난다. 남자가 이번엔 여자 접시에 더 많은 고기를 올린다. 그러자 여자가 찡그리며 고기를 불판 가장자리로 다시 옮겨 놓는다. 한꺼번에 너무 많이 접시에 올리면 식어 맛이 없단 말을 중얼거린다. 여자의 양보를 가족이 안다는 것을 그녀만 모른다. 고기 상 앞이면 한 번은 벌어지는 필수 코스. 아이들은 환한 미소와 함께 고기를 맛있게 먹고 있다.

#2. 남편 생각

아내가 웃는다. 간만이다. 요즘엔 퇴근 시간에 전화도 안 한다. 기다리다 전화를 해도 시큰둥한 반응이 전부다. 걱정이다. 자기 일을 하면서도 가족에게 에너지를 다 쓰듯 살던 사람인데 아프단다. 건강 검진에서 약간의 문제가 발견되었다. 요즘은 통통 부은 표정이라 마음을 읽어낼 재주가 없다. 퇴근 후 있던 약속을 취소하고 모임 간 아내를 태우러 갔다. 역시나 편한 얼굴이 아니다. 창 넘어 친구들 앞에서 웃더니 차에 오른 아내는 집에서와 별반 다른 얼굴이 아니다. 의기소침한 모습. 손엔 작은아이 간식을 들고 있다. 친구들을 만나면서도 아들 간식을 챙기는 아내, 그런 사람이다. 그녀가 아무리 바쁘고 힘들어도 직접 가족을 챙기는 것은 어쩔 수 없는 일이다. 남편을 큰아들처럼 챙기는 아내가 부담스러울 때도 더러 있다.

어떨 땐 '나보다 나이도 어린 게' 하는 생각으로 부아가 치밀 때도 있지만, 거센 폭풍과 힘든 고난 앞에서도 굳건히 내 옆을 지켜주던 아내이지 않은가. 너무나 고마운 사람이다.

"여보, 언제나 내 곁에 있어줘서 고마워. 사랑해."

며칠 전 술기운을 빌려 쑥스러움을 무릅쓰고 처음 이 말을 했다. 홍조 띤 아내의 얼굴, 반짝이는 눈으로 미소를 머금고 내 어깨를 토닥여 주었다.

#3. 아내 마음

"상자가 여러 개라 택배비 많이 나오겠다. 이참에 한번 다녀오지 뭐."

보고 싶음 때문이 아니다. 계절에 맞는 생필품 교체가 이유다. 모처럼 가족이 외지에 있는 큰아이를 방문하기로 했다. 그러나 속내는 외로움 청산. 썰렁하게 빈 딸 방 그림자 지우기, 동시에 대학 진학으로 엄마 품을 떠난 두 아이와 밥 한 끼라도 먹어 파고드는 외로움을 떨칠 요량이다. 자식들에게 인색하게 굴기 일 수였다. 부모 밥그릇에 꽂힌 아이들 숟가락을 빼게 해, 자주적으로 살 힘을 길러야 한다는 마음이 컸다. 마음을 실행하기엔 쉽지 않았다. 간절기의 심한 일교차로 온 가족이 감기를 앓았다. 딸아이의 카톡을 보니 아프단다. 감기로 열이 심해 병원을 다녀왔다며, 카톡 문구가 '저질 체력'으로 표기되어 있었다. 더는 모른 척 참을 수 없다. 간신히 통화를 했다. 모녀의 목은 잠겨 대화가 되지 않는다. 감기 때문인지 외로움 때문인지 알 길이 없다. 부모 품을 떠나보낸 뒤 습관을 잘 들여야 했다. 보고 싶다고 하고 싶다고 다 할 수 없는 세상을 각자 인식해야 했다. 적응이라는 명제를 안고 서로 잘 견디자 했는데. 아프다는 상황이 그동안의 노고를 무너뜨렸다. 당장에라도 달려가고 싶지만 마음을 진정시키며 무심한 듯 주말에 시간을 내보겠다고 던지듯 말을 했었다.

4. 딸의 응석

"고기 먹고 싶어요. 그런데 고깃집이 어디 있는지 잘 모르는데."

차에 오르며 인사도 삼키고 처음 부모님께 한 말이다. 평소에 성실한 생활인이었다는 이미지를 심어주고 싶기도 했고, 과제를 올에이 플러스 받았다는 말을 흘리며 한 개는 못 받았단 말은 숨겼다. 딸은 칭찬이 고팠고, 부모님은 그간의 공부 성과를 들으며 타지에서 생활하는 딸 걱정을 덜 하실 것이기 때문이다. 안다. 강한 척하는 엄마의 여린 사랑을. 학교에서 있었던 일들을 얘기하며 술자리에서 마시지 않고 피하는 방법 등을 고기 먹으며 얘깃거리로 삼았다. 웃음을 나누며 아빠와 동생이 경험담을 얘기한다. 아빠는 여느때처럼 정성스럽게 고기를 구워주셨다. 아빠가 구운 고기는 맛있다. 언제나 아빠 고기가 그리웠다. 우리 집 식탁이 아니라 식당 테이블에서 구워 먹는 고기도 역시 아빠표가 최고다. 옆으로 비켜 앉은 엄마는 고기쌈을 싸 아빠 입으로 먼저 가져간다. 보기 좋다. '환상의 바퀴 한 쌍'이라고 언제나처럼 놀리고 싶지만 집이 아니라 참는다. 우리 집은 이런 분위기로 함께 식사했다는 생각이 이제야 떠오르다니. 이런 모습을 보고 있으면서 그간 얼마나 그리워했는지 새삼 느꼈다. 꼭 기억하리라. 그런데 용돈을 어떻게 더 달라고 해야 할지 생각이 안 난다. 엄마를 보니 통과하기 쉽지 않고 말 그대로 통과되어 버릴 것 같다. 어쩌지…

#5. 아들 투정

"가기 싫어요. 누나만 대학생이고 난 아닌가. 누나 보고 오라 해요. 제 생각만 한다니까."

시험기간의 귀한 일요일을 누나 짐꾼으로 소비하기 싫다. 오늘도 나름의 계획이 있지만, 좀처럼 그렇지 않던 엄마의 목소리가 강경해서 못 들은 척 무시할 수 없기는 하다. 자기 위주인 누나는 부모님을 만나면 언제나 요구사항을 늘어놓는다. 밉상인 누나가 언제 철이 들지 궁금하다. 엄마가 누나 때문에 혼잣말로 힘든다는 푸념 소리를 하면 한마디하고 싶기도 했다. 동생이라 참았다. 누나가 엄마를 힘들게 하니 필요한 것이 있어도 나는 우선 참고 본다. 누나 때문에 보는 이차적 피해가 이만저만이 아니다. 확실히 누나가 철이 들기 전엔 계속 왕재수로 별로일 것 같다. 그런 누나로 인해 시간을 낭비하다니, 짐꾼이라는 명분이 더 짜증스럽지만 침묵으로 일관, 입 관리를 했다. 예민한 엄마가 만약 튀어나온 내 입을 확인하면 상당히 곤란한 상황이 예상되기 때문이다. 주특기인 포커페이스를 유지하기다. 조수석의 엄마는 귀찮은 듯 아빠의 말씀에 태클을 걸면서도 입을 다물지 못하고 간혹 웃기도 한다. 목소리 톤이 높다. 이상의 증상으로 봐선 진짜 기분이 좋으신 상태. 그래, 점심만 먹고 바로 올라오면 되니, 모처럼 효도 한다고 마음을 바꿔 먹자. 어쨌든 귀찮은 건 사실이다.

#6. 내레이션

이 가족의 모습에서 오 헨리의 〈크리스마스 선물〉이 떠오른다. 가난한 부부의 안타까운 사랑 이야기처럼 상대를 위해 자신의 소중한 것을 포기하는 기꺼운 마음이다. GOD의 노래 '거짓말' 가사처럼 어머님이 짜장면을 싫다고 하는 속내를 철없던 아이가 눈치 채는 순간처럼. 사랑은 어떤 종류라도 감동적이고 아름다움을 연출해낸다. 100g이 인분이란 메뉴판을 본 여자는 비싼 고깃값 때문에 안 먹었는지도 모른다. 본인은 먹지 않아도 가족을 위해 고기를 굽는 남자에게 쌈을 싸서 먹이는 여자, 자식과 아내를 위해 먹기보다 맛있게 고기를 굽는 남편의 마음, 그런 부모님을 바라보며 사랑을 느끼며 감사함을 빠트리지 않고 챙기는 자식들의 사랑, 역시 사랑은 아름다운 표현의 극대치다.

문학과 사연, 감동과 진실 그리고 현실의 상황은 어떤 관계를 맺는지 생각하면 어렵다. 본인의 경우가 아니어도 감동을 하고 자기화로 전이되는 이야기는 진실이란 아름다운 무게를 가진다. 깊은 생각에 빠져든다. 소박한 아름다움이야말로 진짜 가슴으로 느끼고 싶은 진정한 것이다.

보랏빛 넋두리

보라색이라면 무엇이든 가지고 싶어 한다. 사실 책을 준비하는 초기엔 책 제목을 '보랏빛 넋두리'라고 하려 했다. 보라색에 대한 일반적인 인식과 본인의 생각이 많이 다르다는 것에 많은 고민을 했다. 제목 부담을 벗고 가장 진실한 고백을 하고 싶었다.

수필 강의를 한다. 지명도 높은 작가이거나, 강의 잘하기로 소문 난 명강사여서가 아니다. 그저 오랜 시간 책에 관해 가르치는 일을 하다 글을 쓰게 되었다. 자연스럽게 글 가르치는 일로 연결되었고, 기회와 공간이 주어져 수필을 배우고자 하는 이들에게 도움이 되는 길을 가고 있다. 노력과 반성을 끊임없이 해야만 겨우 작가라는 면 허증을 지킬 수 있다. 처음 수필을 배울 때 무척 어려웠다. 후학들에게 되도록 쉽게 수필 맛을 느낄 수 있게 하고 싶었다. 교실에 앉아 열심히 들어도 무슨 말이고, 뭔 소린지 얼떨떨하던 기억이 나서이다. 어려운 용어의 이론만으론 방향조차 잡지 못하던 것을 피하려니, 더 쉽게 이야기를 풀어낼 방법이 필요했다. 어려운 내용도 쉽게, 머리를 가득 채운 지식은 더 쉽고 알아들을 수 있게 전달하고자 노력한다. 이처럼 빈 하게 수필을 가르치는 사람은 없으리라. 늦게 시작해 빨리 배우고 싶은 마음을 뒤로 하고 바쁠수록 돌아가는 길을 찾으라 한다. 결국엔 그것이 지름길이 되기도 하나 세상엔 정도가 있고, 과정을 다 그쳐야 함도 맞다. 공짜로 건너뛰어 그저 얻어지는 것은 없다. 배우려는 학생의 연령대가 비교적 높은 편인 수필 쓰기는 삶의 저장고에 곱게 쌓아둔 소재들이 숙성된 나이가 되어야 꿈꿀 수 있는 장르다. 자신을 용기 있게 표면화시키는 것도, 처음 용기를 내기도 쉽지 않은 일이다.

　작품은 사실과 경험에 기반을 두고 구상해야 한다며, 오랜 기억들을 되살리기로 수업의 물꼬를 튼다. 평생 살면서 차곡차곡 쌓아 쟁여두고, 묵혀 발효시킨 기억 우물을 청소하자며 켜켜이 진득하게 쌓인 진흙 벌의 앙금들을 들쑤셔 일으켜 보잔다. 내면 깊숙이 또는 무의식에 감춰둔 사건과 사고, 기쁨과 슬픔, 아픔과 행복을 불러와 감정을 거른 것만 작품으로 표현해야 한다며, 작품에선 그때의 미움이 미움이지 않고, 아팠던 상처 딱지의 흔적조차 아련하게 '그랬었다.'로 기억하는 것, 많은 일이 자신의 것이었지만 담담히 떠올려 볼 수 있게 남이 알아도 상관없게 된 것, 삶의 한순간을 객관화시켜 표현에 감정 찌꺼기 묻히지 않을 수 있어야 작품으로 남게 된다고 말한다. 울고 웃는 감정이 만져지면 수필일 수 없다. 그저 넋두리, 아무렇게나 휘갈긴 잡문인 낙서에 지나지 않는단 내용을 설명하지만, 정작 숙달된 조교라 자청하는 본인도 헷갈려 접어 버리고 싶을 때가 더러 있다. 아픔을 느껴 고통과 슬픔으로 격해진다면 얼마의 시간이 지났던 아직 진행형이다. 감정이 살아 숨쉬면 글은 절대 객관적일 수 없다. 난 넋두리를 무척 싫어한다. 글로 쓰는 넋두린 생각을 부정적으로 만든다. 극복하지 못했다면 잊고 지내며 회피하고 싶은 생각이 어떨 땐 더 위로가 될 때도 있다. 시작한 작품이 끝을 맺고 나면 빛이 보일 때가 있다. 몽환적이고 아련하기까지 한 보랏빛이 아름다움을 발하는 빛. 신중하게 작품을 구상해 표현하다 보면 질척이지 않으나, 건조한 먼지 날리지 않고 더러 보랏빛과 함께 물기가 느껴질 때를 말한다. 좋은 작품이다. 난 그런 작품을 보랏빛 넋두리라 이름 붙였다. 신기하다. 아직은 여러 번 경험했다고 말할 순 없지만, 보랏빛 넋두리를 작품으로 완성하고 나면 만족감으로 충만 된다. 삶이 퍽퍽했음도 우매한 중에도 우둔하지 않아 지혜롭게 해결됐던 일들, 그 당시는 어리석었지만, 그것을 계기로 더 현명할 수 있었던 일들을 그저 담담히 표현할라치면 그것은 분명 내가 경험한 일이지만, 지면을 통로 삼아 다른 이에게로 전이되어 공감이란 이름으로 그들 것이 된다. 이런데 어찌 수필 쓰기가 행복하지 않겠는가. 작품은 발표하는 순간 작가의 것이 아니라고들 말한다. 진정 그렇게 느껴진다.

색 중에서 내가 으뜸으로 꼽는 색이 보라다. 예전엔 보라색을 좋아한다고 말하면 사람들은 어색하게 쳐다보거나 갸우뚱한 웃음을 머금고 얼버무리듯 고개를 끄덕였다. 그러나 요즘 나는 보라색 좋아하는 것을 감추지 않는다. 어떨 땐 보라색을 좋아하느냐고 사람들이 묻기도 한다. 즐기다 보니 잘 어울린다는 말도 종종 듣는다. 보라색을 색채용어 사전에서 풀이를 보면, 우아함, 화려함, 풍부함, 고독, 추함 등의 다양한 느낌이 있어 예로부터 왕실의 색으로 사용했다고 적혀있다. 품위 있는 고상함과 함께 외로움과 슬픔을 느끼게 하며 예술적 감각과 신앙심을 자아내게도 한다. 또한 푸른 기운이 많은 보라는 장엄함, 위엄 등의 깊은 느낌을 주며, 붉은 기운이 많은 보라는 여성적, 화려함 등을 나타낸다. 심리적으로는 쇼크나 두려움을 없애고 불안한 마음을 정화해주는 역할을 하며, 정신적인 보호 기능을 발휘한단다. 그러나 항간엔 보라색을 좋아하면 정신적 이상 현상을 얘기하던 시절이 있기도 했다. 편견의 무서움을 알게 하는 대목이다. 그 밖에 감수성을 조절하며, 배고픔을 덜 느끼게 하고, 백혈구를 조성하며, 이온 균형을 유지시키는 역할을 한다고 되어있다. 보라색 차 크라(두정부)는 뇌하수체 부분이 있는 머리의 꼭대기에 위치하며 현명함과 영적인 에너지를 나타낸다는 내용도 수록되어 있다.

개인적으로 수필의 최상위를 보랏빛 넋두리라고 표현한다면, 의아하게 생각할 수도 있을 것이다. 앞에서 넋두리는 수필이 아니라고 했으니 말이다. 그러나 생각의 폭을 넓혀보면 결국 1인칭의 주관적인 글쓰기가 수필이다. 주관적인 글이지만 가장 객관적일 수 있는 글, 누구나 읽어서 공감하고 감동이 있으며 인향人香이 짙어 삶의 의미가 고스란히 느껴지는 그런 수필을 말함이다.

이것과 저것의 구별이 뚜렷하지만 한 발씩 물러나 내다 서며, 맞물려 특이한 구별 없이 완만히 한 덩이로 보일 수 있는 것, 누구나 특별하지 않은 삶에서 보석 한 알 캐올리듯 수필 작품에서 그런 영롱함이 느껴지는 감동이 보일 때, 최고의 작품이라 표현한 말이 보랏빛 넋두리이다. 정말이지 건필 하여 이런 글을 쓰고 싶다. 간절히…

나는 수필을 쓴다

글 욕심이 많다. 좋다. 이 열정이 나를 숨 쉬게 한다. 더러 글이 써지지 않는다. 부담감이 손을 묶는다. 읽는 이가 신경 쓰인 순간부터 중압감을 느낀다. 습작 시절, 글 속 감정들의 두서없는 나열이 절망으로 몰기도 했다. 끝내지 못한 문장엔 억울한 구김과 팽창된 긴장감이 눈물짓게 하는 애통한 마음과 함께 억지 잠을 잤다.

"뭐! 네가 수필을 쓴다고?"

생뚱맞게 시작된 수필 쓰기는 주변 사람들을 놀라게 했다. 의상 디자인을 전공하고 디자이너의 삶을 살며 꽤 잘나가던 시절, 밀라노 유학과 자신의 상표를 꿈꾸었다. 인생은 예측할 수 없기에 더욱 매력적인가 보다. 많은 선택의 순간을 보내고 여러 길을 기웃거렸다. 여러 가지 경험도 쌓았다. 오랜 시간 습관처럼 뭔가를 배우지 않으면 불안해졌고, 존재감마저 흐려지는 희한한 감정에 떨었다. 세상엔 이유 없이 벌어지는 일은 없단 말이 맞았다. 지금은 그간의 경험과 배움이 글쓰기의 에너지가 되고 있다. 섣부를진 모르지만 귀결되는 행복을 수필 쓰며 간간이 맛보고 있다.

수필은 쓰고 싶다고 잘 써지는 것이 아니다. 여러 단계를 거쳐야 정점에 도달한다. 절필의 순간도 겪었다. 극복 방법을 찾아 계속 수필을 쓸 수 있는 해결책을 찾아야 했다.

자신의 객관화가 여러 문제를 해결하는 방법이 되었다. 한곳에 같이 있어도 엉키지 않고 무리에서 걸어 나와 담담히 바라볼 수 있는 입장 전환이 필요했다. 감정이 있되 그대로의 느낌은 쓸모가 없었다. 생각을 여과해 공감 가는 시각으로 표현하기. 그러면 어려움은 희석되어 반짝이는 글로 변했다. 이런 단계를 거쳐 글을 마무리하면 작은 기쁨과 만족감으로 마침표를 찍었다. '무에서 유'의 색다른 기쁨도 느껴졌다.

목표는 '하루아침에 이루어지지 않는다.'처럼, '자고 나니 스타가 되었더라.'는 말과 '평생 좋은 작품 하나만 쓸 것이다.'라는 말은 현실에서 불가능했다. 그렇게 되기까지 힘겨운 과정이 분명히 있었을 것이다. 더러 사람들은 과정을 감춰 결과의 극대화로 전략을 구사한다.

고통, 글을 잘 써야 한다는 욕구가 피를 뚝뚝 흘리는 상처를 줘도, 술상 앞에서 술잔을 기울이며 부초 같은 화제 속으로 걸어 들어간다. 작은 모임에서 근거 없는 희망을 품고 고통을 즐기며 그렇게 이겨냄도 방법이다. 긍정이 진행형으로 들어서는 첫걸음이다. 그렇게 과정은 발전을 나아가 결과물인 작품을 만든다.

수필이 절정기 토네이도 눈처럼 느껴질 때가 있다. 자기 속에 갇혀 뭔가 날아들 것 같은 위험을 느끼면서도 맥 놓고 있을 수밖에 없느는 것처럼. 끝내지 않았다면 잠깐의 멈춤은 많은 의미를 가진다. 좋은 수필을 향한 욕심은 더러 자신을 괴멸시킬 수도 있지만 발전을 만들어 내기도 한다. 필요나 욕망 때문에 기대치는 높아져 가 이르지 못한 수준에서 탈피하고자 고뇌하는 모습이 글의 진화를 만든다. 피 흘린 노력이 결실을 본다. 글 쓰는 사람은 내면의 표현 방법 즉, 완성하려는 노력을 글로 표현한다. 내면에 존재한 여러 색과 모양이 완성도를 높혀 아름다움이 뿜어나길 원한다. 노력으로 진화는 급속히 진행된다. 세상에 많은 문학상과 신춘문예를 선망의 대상으로 바라보며, 수상자 대열에서 본인의 이름을 찾고 싶은 것 또한 글을 위해 노력하는 동기가 된다. 작가라면 인정받는 필력을 열망한다. 그러나 막상 작품에 임하면 그런 생각들은 잊고 작품으로 분신을 만든다. 필력은 진정한 내공의 힘을 발휘한다. 여러모로 힘을 키우지 못한 글재주는 무용지물이다. 창작의 힘, 세상 그 무엇에도 메이지 않는 열린 생각과 욕망이야말로 글의 진화를 만들어 낼 주역이다. 온힘을 다했다고 모두가 수상의 기쁨을 맞게 되는 것도 아니다. 그저 끄덕이며 최선을 다한 열정에 박수를 보낸다.

한때 스펙을 쌓은 작가들에게 부러움 묻혀 곱지 않은 시선 보낸 것은 열등감이었다. 그러나 이제는 그런 마음을 많이 버렸다. 세상엔 공짜가 없음을 잘 알기 때문이다. 수상자에겐 진심으로 손뼉을 보낼 수 있다. 그리고 스스로 만족할 수 있는 작품을 쓰려고 노력한다. 결과는 그리 중요하지 않다고 내려놓는 마음이 또 하나의 진화를 이룰 조건이다. 결코 멈추지 않는다면 자신에게 손뼉 칠 수 있는 순간은 오리라 확신한다. 글은 생명체다.

내게 수필 쓰기는 거울을 들여다보는 일과 같다. 내 마음속 거울에 세상을 비춰보고 거울 상태대로 되 비춰 글로 표현하는 것이 수필쓰기다. 거울은 때로 얼룩이 묻고, 낯설 정도로 맑을 때도 있다. 그리고 거울이 퇴색된 흔적이 있어 사물을 제대로 비추지 못하더라도 열심히 들여다본다. 거울 속에 담긴 세상, 반사되어 보이는 세상, 다른 이가 보아주는 세상을 있는 그대로 표현한다. 그래서 글쓰기는 작은 세상이다. 오늘도 거울을 보며 수필 쓰기로 세상과 소통한다. 무슨 얘긴지 횡설수설 방황할 때도 있다. 세상과의 소통이 일방통행이지 않고 교감을 나누려 노력한다. 수필을 쓰며 마음 열고 세상을 보면 사람이 보여서 좋다. 그리고 그들 속에서 내가 보인다.

거울을 보고 세상과 소통하며 공감을 만든다. 수필은 다양하게 다듬어져 진화하며 새롭게 나를 진화시킨다.

봄날은 가고

수십 번의 봄날이 지났음에도 여러 모습으로 기억되는 봄. 놓쳐버린 봄은
다시 돌아오지 않지만, 놓쳤다는 생각을 할 때 비로소 미련이 남게 된다.
상황판단을 못 하면 의미조차 깨닫지 못한다. 얼마나 소중한 것을 잃었는지.
모든 순간을 기억하고 싶다. 설사 무리일지라도 그렇게 하고 싶다.
그 순간들이 본연의 나일 테니까.

왜일까. 봄의 아름다움을 놓치고 꽃잎이 휘날려 마음 두드려도
느끼지 못하다니. 원래 난 그런 사람이 아니다. 개나리가 만개하면
같은 길을 몇 번씩 차로 되돌려 돌며 설렘을 꽃에 전했고, 연한 핑
크빛으로 벚꽃이 하늘을 물들이면 쿵쿵거리는 가슴 진정시키려 심
호흡을 했고. 봄바람에 꽃잎이 살랑거리며 춤추면 천진무구한 아이
처럼 깔깔거리며 휩쓸려 모인 꽃잎에 발 담그고 폴짝거리며 좋아했
다. 흐드러진 자목련의 화려함과 퇴락한 초라함에 서글픈 눈물 흘
리든 대책 없든 여자. 몇 해 전 이상기온으로 한겨울에 핀 개나리를
보고 충격을 받았다. 예고 없이 내린 눈에 떨고 있던 개나리. 얼어
버릴 것 같은 꽃잎이 애처로워 차마 보지 못하고, 먼 길로 돌아가던
그런 여자였다. 이제는 유혹하듯 핀 꽃들의 향기에도 무딘 여자로
변했다. 자기 합리화인 '나이 들면 다 그래.' 초라한 변명이다. 스스

로 생각해도 옹색한 핑계다.

계절이 바뀌면 자연의 경이로움에 가슴 설레고 아름다운 감동을 쟁여둔다.

최근 몇 년, 추위 뚫고 피는 꽃과 따스한 봄의 전령사인 꽃, 만개한 아름다움으로 봄 향기를 전하는 꽃을 무심한 시선으로 보았다. 의도된 바는 아니지만 덤덤하게 시간이 흐른다 생각했다. 파릇한 새싹인 어린잎도 무심히 보던 건조한 상태. 불현듯 나답지 못하단 생각이 들었다. 밤낮의 기온 차가 심해 건강에 적신호를 울리던 밤, 모임을 갔다 돌아오는 택시 안에서 갑자기 한기를 느꼈다. 얇은 외투 자락을 여미며 던진 시선. 도로변에 피어있는 하얀 철쭉과 이팝나무 꽃이 쌍을 이루듯 만개해 있었다. 어둠 속에서 본 으슴푸레한 빛깔. 봄날은 가고 있었다. 시간의 흐름과 다가올 여름을 비로써 생각했다. 자연과 세월, 섭리와 순리 앞에 덤덤함을 부끄러워해야 할까, 아님 당당해도 될까. 허허로운 생각이 든다. 좀 더 나이 들어 성큼 고개를 지나면 애쓰며 예쁨을 느끼려는지, 종착점에서 듣게 될 예고가 두려워진다. 나이가 더 들어 무념으로 자기 확대란 개념으로 느낄 수 있기를 간절히 바란다.

개울가 나무에서 나뭇잎 하나 떨어져 흐르는 물이 이끄는 대로 흐른다. 때론 완만하다가 가파르며, 돌돌 구르듯 경사진 계곡 물의 흐름을 타, 잦아든 물길이 흐르지 않는 듯 흘러도 나뭇잎은 어디까지 가야 하는지, 얼마나 가는지 목적지에 의미를 두지 않는다. 그저 흘러가니 흐르고, 흐르다 바람이 이끄는 대로 바위 위에 앉혀지면 또 그런 머무름을 받아들인다. 나뭇잎은 행복을 노래하지도 불행을 아파하지도 않는다. 찢기우고 조각나 그렇게 세상에서 사라져도 거부하지 않는다. 그냥 그렇게 왔다가 사라진다.

개나리와 목련으로 시작해 벚꽃과 진달래로 또 철쭉과 이팝나무 꽃, 양지의 야생초마저 꽃을 피우면 앞마당 구석진 자리 주어진 조건대로 땅 위를 기듯, 목을 늘리기도 하며 계단의 틈바구니를 뚫기도 한 민들레가 꽃을 피운다. 시선이 꽃 색에 취하면 아카시아 향기가 어느덧 여름을 알린다. 산천이 향기로운 꽃으로 뒤덮이면 사람들은 살색의 아름다운 꽃을 피운다. 더위와 함께 그 꽃도 날로 변해 햇빛이 머리 위를 달구는 맹렬한 여름엔 작렬한 아름다움을 뿜는다. 그리고 계절이 바꾸면 추위는 또 다른 꽃, 옷 색으로 꽃을 피운다. 사람이 표현하는 아름다움은 자연과 닮아 한 뭉치 미련을 만든다. 아름답다. 사람이 꽃처럼 아름답다. 아니 꽃에서 아름다움이 전이되었는지, 진정 삶이 그런 것인지 또렷하게 생각이 잡히질 않는다.

깊은 밤꽃들에서 삶의 아름다움을 느꼈다면 억지스럽다고 할 이 없으려는지 못내 조심스럽다.

꽃들에서 나에게로 시선을 옮기니, 아직 나도 여자라는 인ㅅ꽃으로 피어 있었다.

친구

친구란 많을수록 좋은 것 중, 제일 첫 번째로 꼽을 수 있다. 이 글을 읽고 쓰며
나의 뇌리 속엔 많은 친구, 친구 후보쯤으로 분류되는 이름들이 파도를 치며 일렁거렸다.
사랑하고 보고 싶다. 언제 보아도 아무리 많은 시간의 터울을 두고 보아도 어제 보고
또 보는 듯한 어색함이 없는 친구들. 내 미소 속에 그들은 언제나 함께였다.

'친구란, 하나의 영혼을 나누어 가진 두 개의 육체.'

하나가 둘로 나뉜 듯, 하나일 때의 불완전함이 함께여야 완벽해
진다는 뜻이다. 그렇게 정의내리며 살아왔다. '친구'와 '아는 사람'
을 구분짓는 습관이 있다. 성현들은 평생을 살면서 진정한 친구를
셋만 만들어도 성공한 삶이라고 했다. 친구란, 그만큼 평생을 걸 가
치가 있는 생의 반려자다. 세상에서 귀중함은 쉽게 가치를 매기거
나 가질 수 없는 법인가 보다. 마침내 가질 수 있다면 돈도 명예도
심지어 생명까지도 아깝지 않다고 전한다.

며칠 전 아들과 함께 모처럼 TV로 영화를 재미있게 보고 있었다.
영화가 절정에 달했을 즈음 시계가 자정을 넘어 바늘이 옆으로 살
짝 기울자, 남편이 대문 자물쇠의 비밀번호를 두드리는 소리가 났
다. 번호를 누르는 소리가 명쾌하지도 규칙적인 간격도 없었다. 집

안으로 들어온 남편에게 건성 인사를 건네고 모자는 영화에 다시 몰입했다. 남편은 안방 문을 부여잡고 방안을 쳐다보며 마치 어린아이처럼 아주 서러운 울음을 터트렸다. 우린 너무 놀라 멍한 표정으로 잠시 바라볼 수밖에 없었다. 결혼생활 20년이 넘는 동안 남편이 그렇게 우는 모습은 처음이다. 짧은 순간 머릿속에 별생각이 다 들었다. 아들과 나의 다급한 물음에 취중인 남편은 설움에 겨워 단어도 문장도 알아듣기 힘든 그저 마음에 쌓였던 말들이 서로 튀어나오는 듯 소리로만 소리를 내고 있었다. 요지인즉, 평생지기 친구가 캐나다에 이민을 해서 상실감에 슬프다는 얘기였다. 떠나는 친구의 마음에 무게를 보탤 것 같아 서운함을 가슴에 묻고 떠날 준비를 같이했단다. 그 친구가 친지들과 인사를 나누러 간 날, 떠나기 전 같이하지 못한 그 하루에 술을 마시니 시작은 분명 술이었는데, 마시다 보니 친구를 마시고 우정을 마셔 서러웠나 보다. 젊은 날의 추억들이 감정의 회오리를 일으켜 그렇게 서럽게 운 것이다. 한편으론 안심되고 고맙기도 했지만, 하늘의 뜻을 안다는 나이인 남자가 아직 순수한 것이 못내 얄미워 통박을 주며 잠을 권했었다.

다음 날 아침 친구를 배웅하러 나갈 준비를 마친 남편은 서가 앞을 서성이다 빛바랜 책 한 권을 꺼내 살펴보고 있었다. 왜 그러냐고 물었다. 친구와 함께한 시절 모습이 담긴 책이라며 꺼내어 닦았다. 어린 시절과 헤어지는 안타까움을 그 책을 통해 그렇게 그의 식대로 전하고 싶었나 보다. 친구에게 하고 싶은 당부를 삼켜 버린 남편, 책을 닦는 행동으로 마음을 대신하나 보다. 그 책은 김원일의 『마당 깊은 집』이였다.

얼마 전 읽게 된 「외투」라는 수필을 책 닦는 남편 옆에 서서 얘기했다. 추운 지방으로 떠나는 친구를 위해 따뜻한 코트 한 벌 선물하고 싶은 맘, 궁핍한 생활고로 자신의 품속에 있는 만년필을 대신하고, 아쉬움을 담담히 표현한 '외투'의 작가처럼, 남편은 마침 자신의 생이 가장 궁핍할 때 곁을 떠나는 친구에게 마음을 담은 책 한 권과 영어가 서툰 친구에게 영어 전공인 자신이 보기에 제일 좋은 듯한 영어책 한 권을 사 그렇게 두 권을 들고 나섰다. 그 영어책은 사랑의 마음으로 몇 날 며칠을 고른 책이다.

나가는 남편을 불러 세우고 나도 책 한 권을 내밀었다. 『뜻밖의 한국사』란 책으로 아이들에게 읽히려 사놓은 책이었다. 먼 타국에서 한국 정서를 잊지 말란 맘을 담아 내미는 책을 받으며, 남편은 쓸쓸한 미소를 머금고 그렇게 배웅하러 나갔다. 남편처럼 나 또한 '친구'라는 말의 의미에 많은 것을 담는 사람이라 그가 이해되었다.

친구를 배웅하고 남편은 오늘도 남은 친구들과 섭섭함을 술로 달랠 것이다. 그러나 그도 알리라. 삶엔 싫어도 받아들일 수밖에 없는 부분이 있단 것을. 그래도 다행스러운 것은 어떠한 상황에도 희망이란 친구가 곁을 지킨다는 것이다. 오늘은 헤어짐의 아쉬움을 나누나, 다시 만나 기쁨을 나눌 수 있으니 견딜 만하지 않겠는가.

나는 최근에 친구들을 가슴으로 맞았다. 이 년 동안 알던 사람이 친구로 거듭날 수 있게 된 경우였다. 사람들은 나이가 들면 사람 사귀는 것을 어려워한다. 세속의 기준들이 스며들어 자신도 모르는 사이에 계산을 해보고 저 사람과 알아두면 하고 손익계산을 한다. 그러면서 한편으로 다른 기준을 두어 일명 코드가 맞는 것 같으니 잘 지내자는 말로 앞면을 트고 어울림을 가진다. 거듭되는 시간 속에 맞는 코드의 수가 많아지면 관계를 굳혀 가고, 코드의 수가 예상과 다르면 그저 알고 지내는 사람으로 분류되어 마음에서 멀어지게 된다. 순수함을 부르짖는 나 또한 세월의 때가 묻었나 보다. 흔치 않은 사귐에도 나름대로 계산을 하고 상처받지 않으려 보호막을 치게 된다. 친구란 그만큼 소중한 것이니 몇 번, 우연한 시험을 통해 '그래 정말 친구 해도 될 것 같다' 판단이 서야 관계를 규정짓는다. 아픔을 나누며 마음이 일치되는 순간은 설렘과 희열이 함께이다. 이래서 삶은 소중하고 귀한가 보다. 생활이 힘들고 어렵든, 기준이 있든 없든 그 속에 숨어 반짝이는 소중한 진실이 원동력이 된다. 한 친구처럼 일렁이는 파도같이 가슴으로 들어오기도 하고, 잔잔히 불어오는 미풍처럼 부드러우므로 스며든 친구도 있다. 내 마음은 행복한 웃음이 가득하다.

최근에 친구를 얻어 행복한 나, 맘을 가득 채우던 친구를 보낸 뒤 허전함을 형언할 수 없어 하는 남편.

오늘 저녁 그의 귀가 시간에 맞춰 소주 한 병과 얼큰한 찌게 한소

끔 끓여 술상을 차려야겠다. 소박한 메뉴지만 부족한 나머지는 영원할 또 다른 친구인 내 마음으로 채워 남편의 맘속에 기둥 하나를 더 세워야겠다. 남편 또한 나의 영원한 친구이니까.

인, 묘

모정은 아름다움이다. 위대하다고도 말하고 싶다.
길고양이를 좋아하지 않았다. 그러나 이제는 그들을 좋아하기보다 존중한다.
어느 순간 같은 부분을 공감했기 때문이리라.

홍건한 땀으로 시간이 지났다. 신비로운 행복감에 전율이 인다.

마음을 가다듬으려 빗자국을 남기며 땀에 젖은 머리를 빗었다. 난생처음 자식이라는 인연으로 뱃속을 나온 아가와 만남을 준비한다. 좀 전 출산의 고통을 겪은 새내기 엄마, 부러울 것 없는 미소가 세상을 품은 듯 포근하고 넉넉하다. 앉고 걷기도 불편한 몸으로 갓 태어난 아가들이 합창하는 곳으로 조심스레 걸음을 옮겼다. 육체의 고통보다 잠시 뒤 아기와 대면할 행복한 기대감에 감정이 격해진다. 여러 겹의 유리창 너머 자기 이름표를 단 아기 바구니를 찾는다. 잘 보이질 않는다. 눈을 비비고 다시 한번 찾는다. 없다. 자신의 이름이 붙은 아기 바구니가 없다. 떨어지는 가슴을 잡으며 멀어지는 뒷머리의 아득함을 떨치고, 의아스러움과 놀라움으로 뒤에선 남편을 돌아본다. 남편의 모습에서 억누른 아픔을 감지한 엄마는 더욱 맹렬히 아기를 찾는다. 저만큼 깊숙한 안쪽에 낯익은 이름이 보인다. 인큐베이터 안에 버둥대는 아기가 있다. 엄마는 눈물이 흐른다. 겹겹의 유리창 너머 작은 아가도 울고 있다. 이렇게 시작된 아가와 첫 만남, 일 년 남짓의 시간이 흐른 뒤 모자는 시공을 달리하는 아픔을 맞는다. 엄마는 아기를 가슴에 묻었다. 그리곤 평생 사랑이라는 이름으로 기억 한 자락 놓칠세라 숨죽여 고통을 쌓는다. 새내기 엄마였던 그녀는 스스로 세상에 죄인이 되었다.

소리 없이 내리는 비를 피해 길고양이 어미는 연거푸 천방지축인 새끼들을 물어 모은다. 갓 태어난 새끼들이 비 때문에 병이라도 걸리면 안 된다는 일념으로 새끼들을 타일러 보지만 태어나 처음 내리는 비가 이미 새끼들을 흥분시킨 뒤였다. 산속 농가의 겹쳐진 지붕 처마 속에서 그렇게 일가를 이룬 길고양이들에게 하루하루는 새로움과 배움의 연속이었다. 얼마간 시간이 지나고 새끼들이 제법 자랐다 싶을 즈음, 어미가 꽤 긴 시간을 누워있는 새끼를 정성껏 핥고 또 핥으며 깨워본다. 그러나 눈조차 감지 못하고 누워 미동조차 없는 새끼. 어미 고양이는 숨이 끊어진 새끼의 모습을 받아들이지 못한다. 일어나라고 야옹대며 울어도 자꾸 핥고 또 핥아도 누워있는 새끼는 그대로다. 건강한 새끼들은 이미 저만치 놀러 나갔고, 어미 곁에는 얼른 보기에도 골골거리며 형제들보다 유난히 작은 새끼와 누워 세상을 등진 새끼뿐이다. 어미는 누운 새끼를 바라보더니 한참을 울었다. 애절했다. 곁의 새끼를 입으로 물고 떠나 버리는 어미. 건너편 지붕의 처마 아래로 안식처를 옮겼다. 마실 나갔던 다른 새끼들도 어미의 냄새를 쫓아 새 보금자리로 찾아든다. 꽤 많은 시간이 흐른 뒤 누워있던 새끼 고양이는 자연으로 돌아가고 머물렀던 자국만 흔적으로 남겨 놓았다. 먼저 떠난 자식이 어미를 위해 베푼 배려인지 태어나 다 살지 못한 미련 자국인지는 모를 일이다.

세상에 둘도 없는 애틋함과 축복으로 품에 찾아든 자식. 그 자식과 죽음으로 이별하는 모정. 얼마나 많은 생각을 하게 하는지 눈물과 슬픈 감정보다 삶의 사이클에 대한 고뇌가 한으로 찾아든다.

세상이 만들어지고 인류 이전에도 생명이라는 이름으로 많은 생물이 생겨났다. 그들이 생겨나고 진화하고 소멸함에 이러한 모母와 자子의 슬픈 이별들도 수없이 만들어졌을 것이다. 인류 시원부터 오늘날에 이르기까지 역사를 보더라도 각양각색의 이별들을 볼 수 있다. 사건과 사고들, 천재지변과 전쟁 같은 일상생활 속의 비극들. 그럼에도 인류는 무구한 세월의 역사를 자랑하며 이 순간에도 흐르고 있다.

피곤함에 절인 배추처럼 늦은 밤 귀가한 나의 눈에 무심히 들어온 다큐멘터리의 한 장면. 생명은 반복되며 모든 생물을 숙명의 사이클 속에 존재하게 한다는 생각이 든다. 그러나 그러한 생물 중에서 비단 인간만 집착이라는 선물을 받았다. 신은 세상의 만물 중에 우리 인간에게 오욕칠정의 감정을 주었다. 왜일까? 왜 우리네 사람들은 다른 생물들처럼 주어지는 조건에 맞추어 살지 못하고 많은 욕심과 집착을 해 결국에는 넘어설 수 없는 열등감으로 역사를 장식하게 되는지, 참으로 행복하기보다 두려움이 앞선다.

새내기 엄마는 평생 품 떠난 자식을 마음으로 품으며 그리워할 것이다. 그렇게 아픔은 한 덩이 화(anger)로 변해 심장을 채운다. 자식의 죽음을 인정한 길고양이 어미는 어느 순간 자식의 죽음을 받아들이고 남겨진 새끼들을 돌보는 것으로 삶의 방향을 전환했다. 어미 고양이의 마음에 생긴 트라우마가 인간이 말하는 한과 같은 의미일지가 궁금하다.

엄마는 자식의 죽음을 곧 자신의 죄로 부덕함으로 받는다. 길고양이 어미는 자식의 죽음을 어떻게 인식하는지 의문이 생긴다. 부덕함의 소치와 생의 낙오로 이해되는 자식의 죽음은 그래도 가슴 아픈 상처임에는 틀림이 없다. 아픔으로 끝나는 일인지 그 아픔을 승화시켜 성숙한 인류의 한 조각으로 재탄생할지는 모정, 바로 모정의 몫이다. 진정 모정의 진화는 어디까지일지 심각하게 생각하게 된다.

3부

주관적인
생각,
여자에게

네일아트란

    손톱은 정갈하게 짧았다. 바싹 자르는 버릇 때문에 가족들은 내게 손톱을 맡기지 않는다. 심지어 아이들 손톱을 자르다 피를 본 적도 있다. 금쪽 같은 새끼들 사정이 이러니 본인은 설명할 필요조차 없는 일이다.

    결혼하면 대다수 여자는 엄마와 아내로만 산다. 이렇게 변하는 것이 나만의 얘긴 아닐 것이다. 자신을 위한 것은 기본조차도 무시할 때가 더러 있다.

    신혼 시절 아래층에 살던 연상의 아줌마가 있었다. 그녀는 어린 남매를 어린이집에 보내고 동네 미용실을 정해 놓고 다녔다. 오전이면 미용실에서 커피를 마시며 드라이로 머리 맵시를 다듬고 긴 손톱에 매니큐어를 발랐다. 그녀의 스트레스 해소법이란다. 매일 미용실을 들락거리는 주부의 모습은 이해되지 않았다. 남의 집세를 살면서 소모성인 자기 가꾸기에 돈을 쓰는 그녀가 낭비벽이 심한 몹쓸 아줌마로 보였다. 지금 생각해 보면 그녀는 나름의 방법을 찾은 것이리라. 일상의 스트레스가 얼마나 해로운 결과를 만드는지 알았나 보다. 보상심리 즉, 자기만의 것이 존재한다는 게 얼마나 스스로 위안이 되는지 그때 나는 몰랐다.

네일아트가 집권층과 귀족층의 점유물이다가 매니큐어로 대중화된 것은 세계 2차 대전 이후 재건 시기부터라고 알고 있었다. 그러나 클레오파트라의 붉은 손톱이 그녀를 대변할 정도로 매혹적이었다는 글을 읽고 찾아본 네일아트의 역사는 오천 년이나 된 인류 문화의 일면이었다. 대단하다는 생각이 들어 오락과 사치로 여겼던 개념을 바꾸었다.

손을 아낄 수 없는 무술이 과라서 나에게 매니큐어는 개밥에 도토리. 아이들이 태어나 인지능력이 넓어지는 2개월 즈음이 되면 내 손톱은 몇 달간 빨간 원색이 칠해진다. 남편은 주부답지 못하다고 화를 냈지만, 아이가 엄마를 찾는 것에 착안해 움직임이 많은 손가락 끝을 지능발달 교구로 활용한 것이다.

세월이 흘러도 가끔 색이 예쁜 매니큐어를 충동 구매해 혼자 바르곤 했다. 예쁘게 잘 발리지 않았다. 그러다 매니큐어는 굳어져 버리는 것이 다반사였고, 점점 나와는 상관없는 물건으로 전락했다.

올봄 불현듯 봄볕 아래에서 손가락을 펴보면서 손톱이 예뻐졌으면 좋겠단 생각을 했다. 몇 십 년의 세월을 흔한 고무장갑조차 끼지 않고 온갖 세제에 손 담가 집안일 하며 청결을 피부로 느껴야 했던 손이었다. 예쁜 장식 붙여 다른 여자들처럼 다소 화려한 연출을 하고 싶다는 생각마저 들었지만, 비용과 낯섦에 망설여 주춤 생각을 멈추었다. 그러다 소셜커머스에서 세일 쿠폰을 발견했다. 심호흡한 번하곤 강림하신 그분의 힘을 빌려 질러버렸다. 우울해지는 기분을 전환하자며 일탈하는 기분으로. 변심을 걱정하듯 가게에 예약도 마쳤다. 처음이라 기분이 묘했다. 물론 시간과 상황은 변했지만, 자신에게 위로가 필요해지자 비판하던 대상을 욕망하게 되다니 위선적이라는 생각마저 의지를 방해하려 했다. '언행일치'를 부르짖었는데, 품었던 가치관을 외면하고 인식을 바꿔 보자는 작은 반란이 승리를 했다.

가게 안에는 내 또래와 좀 더 젊어 보이는 주부가 직원들과 조곤조곤 얘길 나누며 즐거운 듯 손을 만지고 있었다. 집에서 매니큐어 달랑 하나로 채색하던 것과는 차원이 달랐다.

어색했지만 용기를 내어 자리에 앉았다. 전문가는 달랐다. 도구도 차이가 났고 무척 정교한 손놀림에 신뢰감도 생겼다. 미지근한 물에 손가락을 불리고 도구를 이용해 손톱을 다듬고 손가락 끝의 군살을 정성스럽게 제거하는 과정을 거쳤다. 손톱 정리가 끝나고 바른 오일을 머금은 손톱, 배부르게 젖을 먹고 잠든 아기의 뺨처럼 윤이 오른 붉은빛이 감돌았다. 기분이 가벼워졌다. 손 마사지와 영양제를 바르고 원하는 색과 스타일을 고르란다. 한 시간 정도 지난 뒤 첫 경험으로 호강해 감격한 내 손톱은 예뻤다. 손톱은 몽땅하니 볼품없던 예전 같지 않았다. 다섯 손가락에 힘을 주며 활짝 펴 보았다. 행복이 손톱에서 반사되어 빛나고 있었다.

몰랐던 세상, 신세계의 장막이 거치는 듯했다. 다른 사람의 수고로 갖게 된 아름다움이라 더 좋았다. 손가락 사이로 걱정과 고민이 사라지는 듯 착각마저 들었다. 네일 샵에서 지출한 비용이 몰랐던 여자의 행복 값이란 생각이 들었다. 비용 이상의 가치가 있었다.

돈은 원하는 사람의 기대를 만족하게 할 그 역할을 다 한 것이다. 기대감은 기준에 따라 차이는 나겠지만, 어떤 이는 한 끼의 식사에도 충족되고 또 다른 사람은 많이 가져도 만족하지 못해 충족을 쫓게도 한다.

세상을 열심히 사는 여자, 아줌마들은 때때로 힘겨운 신음을 뱉으며 닥친 문제를 해결하려 안간힘을 쓴다. 그녀들에게 위로가 필요하다. 빈 둥지의 허전함을 지우고 자기애를 깨울 수 있다면 약간의 비용이 들더라도 좋다. 중년의 고개를 넘을 즈음, 느껴지는 소소한 외로움이 결국 우울증으로 변해 무가치한 절망을 품는다. 절망은 회색빛 세상에서 영혼을 검게 물들이며 극단적이길 권한다 혹자는 말한다. 세상엔 어려운 사람이 얼마나 많은데, 호강에 겨워 요강 옆구리 터지는 소리하지 말라고. 그런 지적에도 여잔 이기적일 필요가 있다. 수동적으로 기다리며 누군가의 대접과 사랑을 기다리지 말고 스스로 먼저 자기 자신을 사랑하자. 기분전환이라는 말이 있다. 경험해 보니 네일아트는 그런 의미엔 적격이었다. 신체의 말단에서 어여쁨을 뽐내며 시선을 사로잡으니, 얼마간은 만족과 행복을 느낄 수 있었다. 갈구와 채움이 상호보완적인 것이 여자의 본능이다. 스스로 초라하게 느껴질 때 무언가로 자신감을 키우면 상쇄되는 기분이 들며 도파민이 활성화된다. 활발한 호르몬 작용이 여자를 춤추게 한다. 달콤함의 위력, 멋진 쇼핑을 한 것 같은 행복을 느낀다. 작지만 절대 작지 않아 그냥 지나칠 수 없는 문제다. 바로 이 순간부터 어깨를 활짝 펴고 위풍당당한 여자의 사랑스러움으로 변신하리라. 다듬은 손톱의 아름다움을 에너지로 삼고.

메이크업이란

'음, 좋은 냄샌데! 무엇이 저 사람에게서 이런 향기를 뿜게하지?' 지나는 사람에게서 좋은 냄새가 나면 이런 생각이 든다. 그리고 그 사람을 스캔하며 어떤 성향인지 더듬이를 작동시킨다. 그만의 개성이 느껴진다면, 모르는 사람이라도 후한 점수를 준다. 예쁜 여자가 남자들의 시선을 잡는 것처럼. 여자에겐 향기로운 냄새가 매력적이고, 남자에겐 땀 냄새가 매력적이라 생각했었다. 천만의 말씀 만만의 콩떡이었다. 땀 냄새는 자기 관리를 제대로 하지 못한 증거. 열심히 일한 사람의 땀 냄새가 싫다는 것이 아니라 자신의 이미지는 관리대상종목이란 뜻이다. 내가 다른 이에게, 다른 이에게서 내게로 풍기는 냄새가 청결한 비누 냄새였으면 한다. 짙은 향수 냄새나 에프트 세이브 향긴 역한 생각마저 들 때가 있다.

여자들은 메이크업에 꽤 많은 공을 들인다. 같은 여자가 봐도 신기神技로 득도의 경지에 오른 사람을 여럿 보았다. 그런 여자들은 매우 부지런하고 열정적이다. 그러지 못한 내가 선택한 메이크업은 'B형 화장법', 얼굴의 한 부분만 강조해서 나머지 부분이 부담되지 않게 하는 방법이다. 큰 눈에 포인트를 주며 강조한다. 자연스러움과는 거리가 멀다. 사감 선생 분위기가 평균 이미지이지만, 어떤 날은 영락없는 저승사자 분위기였다가 드물게 만화 주인공 짱구가 될 때도 있다. 하루의 기분은 색조화장의 시작인 눈썹 그리기에서 좌우된다. 눈썹이 대칭을 이루지 못하고 쪽마다 독립을 주장하는 날엔 화장은 엉망이 된다.

부분 화장법도 나이에 따라 수용되는 범위가 다르다. 20대는 입술의 옅은 색조화장만으로도 생기발랄해진다. 30대엔 얼굴 윤곽을 고려해 두 부분 정도는 균형미를 살려야 하고, 색의 보조를 맞춰야 완성도가 높아진다. 그러다 40대에 들어서면 처지고 주름진 부분을 감출 수 있는 세심한 화장법이 필요하다. 젊을 때를 생각하고 은은하게 화장을 하면 잡티로 칙칙해진 낯빛이 본인 의지와 상관없이 환자 느낌이 연출된다. 인정하고 싶지 않지만, 직접 경험을 해보니 현실과 이상의 차이를 결코 훌쩍 뛰어넘을 수 있는 담장이 아니었다.

지난 학기의 포럼 시간, 그날은 아침부터 이유 없는 변덕이 죽을 끓었다. 평소의 방법대로 하지 않고 지나가 버린 20대를 생각하며 옅은 색을 선택했다. 혼자 젖은 감상적인 감성은 오롯이 자기가 소화해야 함을 깨달았다. 그날 장장 5번이나 몸이 안 좋으냐는 염려를 들었다. 시간이 흐를수록 뒤숭숭해지더니 마음이 아팠다. 참새의 방앗간 같은 뒤풀이도 마다하고 귀가해 정말 몸져눕고 말았다. 그 뒤부터 선물 받은 붉은 루즈를 바른다. 색이 너무 진해 꽃순이 필이 부담스럽다던 생각은 온데간데 없어져 버렸다. 밝은색 루즈를 바르고 외출을 하면 더러 입술색이 예쁘다는 말을 듣는다. 덩달아 기분까지 좋아진다. 칭찬은 무엇도 춤추게 한다 하지 않았던가. 그래서 중년의 여자들은 본능에 따라 밝은 색을 찾게 되는가 보다. 주제 파악하는 대목이다. 나름 정성껏 화장했는데 사흘에 피죽 한 그릇 먹지 못한 꼴로 보인다면 싫다. 여자에게 메이크업은 또 하나의 자기표현이다.

외모는 그 사람의 마음을 표현하는 마음 껍데기이다. 한사람이 살아온 내력을 품고 있다. 욕망한다는 것이 살아가는 길이다. 빨강을 추구하면 결국 빨강으로 변하거나 비슷한 범위에 머물게 되는 것이 욕망의 속성이다. 빨강을 추구했는데 생뚱맞게 파랑을 만들진 않는다. 마음먹은 대로 살아진다는 것을 정正으로 보아야 세상의 많은 법칙이 이해가 된다. 긍정은 행복을 부정은 불행을 만든다는 말과도 일맥상통한다. 가끔 '과유불급'을 외치고 싶은 상황이 생기지만, 어여쁘고 싶은 여자의 욕망이 결국 아름다운 그녀를 만든다.

'팽창의 묘미' 자주 사용하는 말로 변한 모습의 자신을 표현하는 말이다. 익숙해져 가는 덩치의 부피감에 우울해질 땐 사춘기부터 즐겨 외우던 시 구절을 중얼거리게 된다. 이런 모습을 예견이라도 한 듯 푸시킨이 나를 위로하기 위해 지은 시란 엉뚱한 생각도 한다. '삶이 그대를 속일지라도 슬퍼하거나 노여워하지 마라, 현재는 언제나 슬픈 것 고통의 순간이 지나가면 지나간 모든 것이 그리워지나니' 정말이지 지나간 것을 그리워하는 날이 빨리 오기를 바란다. 어쨌든 세월 따라 모습이 변하는 것은 당연한 일이다. 그래서 메이크업은 나이에 맞게 변해야 한다. 어떤 스타일과 색, 그리고 모습에 마음을 매어두진 말자. 무엇이라도 가능하다고 마음을 열어두면 흔들림에 굳건히 서서 담담하게 삶을 살아낼 수 있을 것이다.

　여자들이여, 외모에 집착하지 말자. 메이크업은 본인의 의지대로 표현하는 것이다. 모나리자처럼 눈썹을 미는 것도 자신의 선택이다. 스타일이 어떠하든 내면에 자기다움을 품고 있을 때 스며나는 향기가 진정한 자아이다. 메이크업은 자기표현의 방법 그 이상도 이하도 아니나 그렇다고 아무렇게나 대충 하는 것은 절대 금물이다. 개성을 생각하며 적절한 표현을 할 수 있어야 한다. 무대 위에 선 광대를 보며 그의 내면과 삶이 우스개로 가득 찼을 것으로 생각하지 않는 것처럼, 어떤 포장지로 포장했느냐보다 그 포장지 속에 싸여있는 내용물이 보물임을 인식해야 한다. 자고로 포장지란 공개했을 때 둘러싸여진 것의 진가를 더욱 높일 수 있어야 제 역할을 다하는 것이다. 누가 뭐라 해도 세상에서 가장 소중한 것은 자신이

다. 메이크업으로 자신만의 품격을 표현하자. 자긴 소중한 존재니
까…….

헤어스타일 이란

"이놈의 가시나, 니 파마한다고 돈 받아 가 노코 자르기만 했나?"
"엄마, 아이다. 이거 새로 나온 파마다. 믿어도."
담장을 넘던 엄마 목소리가 종종 꿈에 등장해 알람 역할을 톡톡
히 했었다.

대학 1학년 때 일이다. 그때 처음 나온 스트레이트 파마가 어떤
스타일인지도 모르면서 꽤 큰 돈을 들여 유행의 첨단을 시도했다.
그때는 스트레이트 약이 대중화되지 못해 미용사가 직접 조제를 해
서 사용했다. 밀가루 반죽에 달걀을 넣고 파마 약품을 섞어 머리에
판을 붙여 약을 발랐다. 약이 마를 때까지 기다려 다시 중화제를 사
용한 뒤에야 파마가 완성되었다. 목과 등이 얼마나 아팠는지 눈물
이 날 지경이었다. 오로지 예뻐지려는 일념과 무식했음을 반성하며
대여섯 시간을 견딘 뒤, 완성된 모양이 너무나 어이없어 한참을 멍

청한 바보가 되었더랬다. 직모인 나에게 해당하지 않는 머리 모양이었다. 미용사와 나의 경험 부족으로 생고생한 뒤 머리카락을 자르기만 하고 거짓말했다며 혼까지 나다니, 억울함의 연속으로 화병이 날 뻔했던 기억이 지금은 추억이 되었다. 머리 모양에 별다른 고집을 부리지 않는다. 여러 가지 스타일로 변덕을 부리다가 행여 머리카락의 손상이 생기면 단발머리로 돌아간다. 단발머리에서 휴식기를 가졌다가 다시 스타일의 변화를 시도한다. 어떨 땐 미련 없이 남자처럼 짧은 커트를 치거나 아프리카 여인들처럼 짧은 꼬불이 파마 변신도 주저하지 않는다. 살면서 할 수 있는 일을 미루어, 후회하지 말자는 생각이 실행에 옮기게 한다.

대학진학 전 두 갈래로 땋았던 머리를 단발로 잘라버렸다. 앞가르마를 가른 단발머리는 그 뒤로 나의 상징이 되었다.

70, 80세대엔 긴 머리 소녀가 젊은이들의 유행가 속에 종종 등장했다. 긴 머리를 하고 어깨에 가방을 두른 그녀가 아름답다고 노래하던 남자들도 장발과 펑키 스타일로 요란하게 뒷머리를 길렀다가, 앞머리를 스프레이, 무스로 이불홑청 풀매기듯 닭볏처럼 빳빳하게 세울 때도 있었다. 지금은 생각만으로도 웃음을 짓게 한다. 그런 남자들이 여자들의 헤어스타일 중 긴 생머리, 보브 머리(생머리 단발), 긴 웨이브, 단발 웨이브 등의 순서대로 좋아한다는 통계가 있다. 긴 머리와 생머리가 남자들의 로망인가 보다. 그러나 남자들은 모른다. 여자들의 헤어스타일엔 종류가 많다는 것을. 여자들은 다

수 남자가 좋아하는 스타일이라고 해서 머리 모양을 바꾸진 않는다. 그러나 내 남자가 내 여자에게 바라는 모습으론 행복하게 변신을 해도, 많은 여자가 본인의 개성을 돋보일 수 있는 스타일을 선택한다. 머리 맵시를 보며 그녀가 어떤 성향을 가졌는지 짐작할 수 있는 것도 이런 면 때문이다. 그러나 여성스러움을 포기한 나이가 되면 그녀들은 일명 할머니 파마로 자라는 머리카락을 단정히 정리하는 수준의 파마를 한다. 이 파마의 장점은 최소의 비용으로 최대 유지기간의 보장이다.

쓰라린 추억 때문은 아니지만, 나 같은 사람만 있으면 한집 건너 있는 미용실은 문을 닫아야 한다. 한때 미용실에 투자하는 시간과 비용이 너무나 아깝다는 생각을 했었다. 그래서 최영 장군의 후예도 아니면서 미용실을 돌처럼 보았다. 단발을 스스로 자르며 양쪽이 어긋나 귀 위로 올라간 머리 길이를 보며 황당했던 적도 있긴 했다. 그러나 세월이 지나자 그런 극성도 변했다. 이사 가서 동네 미용사와 친해지기 시작했다. 삼십 대엔 그래도 자제하며 일 년에 두 번 다니던 미용실이 사십 대가 되면서 분기별로 늘어났고, 요즘은 참아도 두 달을 넘기기가 어렵다. 이젠 나이듦에 대함을 외모로 절실히 실감하며 초라해져 가는 자신을 알게 된 까닭이다. 보수, 유지에 신경 쓰지 않으면 한순간 허물어질 것 같은 쭈그렁 망태기에 대한 불안감까지 생겼다. 노화현상으로 기본만 한다던 기본의 기준이 바뀌고 있다. 그동안 기본도 못되게 마이너스로 넘쳤는지, 자신을 스스로 돌보며 탄력 있게 지내는 것이 좋아졌다.

며칠 전 미용실에서 복고풍의 머리 모양으로 파마했다. 통통한 얼굴이 자연스러워 보였다. 손질이 끝나고 미용실 계단을 내려올 때 뒤집힌 컬이 찰랑거리며 뺨에 닿던 느낌, 기분을 좋게 했다. 작은 행복감에 콧노래도 흥얼거렸다. 이런 맛인가 보다. 작은 노력이 소박한 행복을 느끼게 하니 얼마나 기쁜 일인가. 토털 패션과 맵시 있는 모습이 좋다기보다 애정을 가지고 자신을 위해 노력할 수 있다는 점이 좋은 것이다. 스님들처럼 삭발하던, 발뒤꿈치까지 머리를 기르던 그 어떤 것도 본인의 선택이며 연출이다. 가끔 방바닥에 생명을 다해 빠져 누운 머리칼을 보며 스타일의 변화를 결심할 때가 있다. 얼마나 간사한가. 누구를 위한 것도, 무엇 때문도 아니 변덕의 발로를 들키지 않으려 그렇게 핑계를 댄다. 당당해지자. 그리고 변화를 두려워 말자. 어떤 스타일이던 난 나니까. 그때 그렇게 해 볼 걸 하는 미련을 갖지 않기 위해 오늘도 변화를 두려워하지 않으려 심호흡을 한다.

여자들이여 자신을 꽃처럼 가꾸자. 여자는 꽃보다 아름답다는 노래조차 있지 않던가. 예쁜 미소 머금은 활짝 핀 꽃송이 같은 머리 맵시로 자신 만의 꽃을 피워보자. 어차피 피고 지는 꽃처럼 한 번은 지나갈 것들이 아니던가.

섹스란

"어머, 북한의 김정일 국방위원장과 이명박 대통령이 키스하네!"

지난해 각국 정상들의 합성된 키스 사진으로 광고 한, B 의류업체가 올해 매장에 섹스 장면을 형상화한 조각품을 전시했다. 자녀와 매장을 찾은 부모들을 아주 난감하게 만들었단 국제 뉴스를 보았다. 정말 기가 차고 코가 막힐 일이다. 요즘 성문화의 표현 일면이겠지만 웃음거리로 넘기기엔 께름칙하게 걸리는 것이 있다.

고대 철학자들은 '쾌락을 놓으면 더 큰 쾌락이 온다.'고 말하며 금욕주의를 말하기도 했다는데 놀랍다. 인류가 발원한 이래 미개할 거란 예상을 뒤집고, 문명의 발달과 상관없이 섹스가 사람들의 끝없는 관심사였다니.

여자들이 생각하는 섹슨 무엇일까? 비행기를 타지 않고도 홍콩을 다녀오게 한다는 그것. 절정의 순간에 은하수가 보이고 무지개

가 뜨며 파도치는 소리가 요란하게 들린다던 드라마 대사를 생각나게 하는 것. 누구네 며느리가 그것에 미쳐 어쩌고 하던 동네 할머니 얼굴이 떠오르게 하는 그것. 남녀의 육체관계인 섹스가 한 장르의 문화가 되어가는 사회에서 자극적인 감각만을 부각하고, 연출된 상황들이 넘쳐 진정한 의미를 왜곡시켜 안타까운 생각이 들었다. 원점으로 회귀해 다시 한번 생각해 본다. 여자의 입장에서 섹스는 어떤 의미인지를.

여자에게 섹스는 사랑이다. '남자는 욕망으로 여자는 사랑으로.'라는 말이 있다. 여자는 본능적인 욕망보다 감성이 움직여야 섹스할 수 있다.

모임에서 여자들이 성적 매력에 대해 우스갯소리를 하면서 즐겁게 지낸다. 솔직하게 자기 얘기를 하거나 살짝 부끄러워 다른 이를 팔며 궁색한 처지를 털어버린다. 집안 내력에 첩을 두지 못하는 얘기를 들려준 그녀, 남편과 맞지 않는 속궁합을 이겨내고자 열심히 자기 몸을 고달프게 만들었단다. 풍족한 살림에도 집안일을 직접 하며 운동과 쇼핑으로 하루를 보내면 저녁엔 녹초가 되어 남편 귀가도 보지 못하고 잠이 들었다. 허우대가 멀쩡해 한 덩치하고, 심지어 코가 커도 속궁합엔 영양가가 없더란 말에 일행을 포복절도하게 하였다.

남편들에게 아내는 어떤 의미일까. 부부란 섹스 이외에도 많은 것을 나누어야 한다. 생활을 함께한다는 것은 책임과 의무가 따른다. 사랑의 감각적 쾌락인 섹스만 생각할 순 없다. 그래서 '애첩기질과 본처기질'이란 얘기가 있는 게 당연한지도 모른다. 물론 부부는 상대가 원할 때 사랑을 나눌 수 있는 합법적인 관계이다. 그리고 함께 가정을 꾸려갈 반려자이며 짝이다. 부부의 사랑은 양방향으로 소통되는 것이다. 서로 같거나 다른 성향이 문제가 되지 않고, 한쪽에서 다른 쪽을 강하게 당길 때 역반응이 일어남을 항상 상기해야 하는 관계. 외길에서 마주선 원수가 될지 함께 걸어갈 동행이 될지는 두 사람의 선택으로 결정되는 사이이다.

　여자에게 섹스는 온기이다. 온기가 느껴진다는 말은 어떤 상황에서도 가슴을 따뜻하게 만든다. 이성이 만나 사랑이란 이름으로 한 팀이 되었다, 그러나 결혼생활이란 녹녹하지 않은 삶, 잘 견디라고 신은 짝을 만들었단 생각을 종종 하게 된다. 큰 그림을 보며 캠퍼스의 귀퉁이 작은 나무로 전체 이미지를 파악하진 않는 것처럼. 여자에게 섹스가 부부생활 전부가 아니라고 나는 믿는다. 물론 타고난 천성이 감각에 예민해 애써 즐기려는 사람들이 없진 않지만, 그들은 전체 중 일부일 뿐이다. 전체의 여자들은 섹스할 때 매번 숨이 끊어질 것 같은 쾌락을 꿈꾸진 않는다. 함께하는 말은 다른 면으로도 일체감을 느낄 수 있다는 말이다. 요즘엔 부부간에도 일방통행은 통하지 않는다. 다시 말하면 남편과 아내 중 한쪽이 원하지 않으면 관계는 없단 말이다. 본성의 구조상 미묘하고 복잡한 여자들의 감정 세계를 남자들은 이해하지 못해 더러 엇갈리는 경우가 있다. 그래서 노력이 필요하다. 여자는 원하지 않을 땐 바늘구멍만 한 틈도 허용하지 않다가, 감성에 사랑이 충만하면 한껏 품을 열어 따스한 에너지를 나누려 한다. 그것이 여자들이 원하는 섹스라고 믿는다. 설사 작업 중 만족도가 떨어져 힘듦이 없어 호흡에 무리가 없거나, 욕망하지 않게 되더라도 행여 상대에게 상처가 될까, 품고 삭히는 성격배우로 돌변하는 것이 여자이다. 여자의 바다는 깊고 넓다.

여자에게 섹스는 지혜로움이다. 사랑이라는 이름의 요를 깔고 사랑의 이불을 덮고 싶어 한다. 그리고 사랑스러운 남편을 품에 안고 대의를 품게 하고, 힘이 되어 성공으로 이끌 에너지가 되고 싶음을 섹스로 표현한다. 웃음과 온기 가득한 가슴으로 남편을 맞는다. 남편들이 알면 좋겠다. 아내라는 이름의 여자들은 그대들에게 첫 번째란 믿음을 느끼고 싶어 한다는 것을. 그러나 현실의 굴레 안에선 세상의 그 어떤 아내도 스스로 우선이지 못한다, 우뚝선 남편의 울 안에서 따사로운 햇살이 되어 집안을 살피는 존재가 된다. 햇살의 온기 속에 남편은 튼튼하고 든든한 울을 쌓고, 아이들은 온기를 받으며 무럭무럭 자라는 것이 세상 아내들의 우선 관심사다. 아내들이 남편과 섹스로 공감하고 싶은 것은 진정 사랑받고 있단 느낌과 격려해 주는 온기다. 이질의 감성으로 엇갈린 남녀의 기대치는 믿음과 배려, 염려하는 사랑만이 귀결되는 해결점을 만들 수 있다.

섹스를 포기하진 말자.

남자, 남편에게 진심으로 절정이 싫은 게 결코 아니지만, 메마른 갈증의 채움보다 따뜻함이 전해지는 사랑의 진실을 느끼고 싶다고. 나누는 미소로도 서로 느낄 수 있는 꿈을 꾸며, 발가벗은 진심에 포근히 안기길 간절히 원한다고 속삭여 보자.

로맨스란

　대부호이며 독점욕 강한 그리스 남자, 정열적인 이탈리아 남자, 중동 국가의 부족 셰이크(sheikh), 지중해 부근 작은 나라의 왕자나 귀족, 자수성가한 사업가, 전문 분야에서 성공한 사람 등이 로맨스 소설의 주인공으로 등장한다. 이들의 공통점은 완벽한 외모와 성격, 막대한 재력을 가졌으며 프라이드가 대단한 남자. 사랑하는 여인을 위해 세심한 배려를 아끼지 않으며 사랑을 향한 열정이 대단하다. 연인의 위기를 함께 극복하며 진정한 사랑을 쟁취한다. 여인들도 처음엔 자신과 다른 거리감에 외면하다 남자의 진심을 깨닫고 불같은 사랑을 하게 되고, 결국엔 행복해진다는 행복한 결말의 로맨스 소설류를 탐독했다. 잘 아는 내용인데도 반복해 읽으며 가슴 설렌 행복감으로 책을 덮곤 한다. 사랑은 사람을 행복하게 만드는 마력을 지녔다. 설사 그것이 허구인 소설 속 얘기라도.

사춘기에 접어들 때쯤 이 책은 또래들에게 선풍적인 인기가 있었다. 학교 앞 문방구에 예약해 신간을 기다리곤 했다. 요즘도 가끔 머릿속이 복잡하거나 고민거리가 생기면 이 책들을 도서 대여점에서 빌려 보거나 사들여 읽는다. 로맨스 소설을 읽는 동안 힘든 일을 미루어 힘 기르기를 한다. 눈으론 가벼운 흥밋거리를 읽지만, 내면에선 당면한 문제들을 생각하고 해결책을 모색한다. 이것이 나만의 문제 해결 방법이다.

남의 로맨스는 부럽고, 자기 로맨슨 짧은 행복 긴 부담으로 쉽게 품지 못한다. 특히 적摘을 둔 여자는 아름다운 의미인 로맨스도 인생 최대의 위기가 될 수 있다. 그래서 저어하며 멀리해야 한다. 따져보면 현실과 이상의 차가 심한 것으로 로맨스만 한 것이 없다. 꿈꾸는 로맨스는 꿈이라 아름답고 혼자 간직한 로맨스는 보랏빛 안개의 신비로운 느낌이다. 접어 품은 날개 속의 아늑함과 콩닥콩닥 자기 심장 소리를 들리게 하는 묘한 매력이 있다. 살다 보면 사람 특히 이성에게 호감을 느낄 경우가 더러 생긴다. 현실은 호감 느끼는 딱 거기 까지다. 많은 여자가 로맨스에 소극적이다. 상상으로 대리만족하는 것이 실황이라고나 할까. 호감 너머 실행 단계는 인연이 닿아야 가능하다. 외모에 조금 변화를 줘도 애인 생겼느냐는 질문을 먼저 한다. 그냥 일상의 소소한 변화일 뿐인데 주변의 반응에 그렇지 못한 사람은 상대적인 박탈감마저 느껴질 때가 있고, 더러는 부족한 사람으로 여겨진다. 원한다고 해서 로맨스를 진행형으로 만들긴 쉽지 않다. 쉽게 로맨스를 꽃 피울 수 있다면 소중하거나 아름답지 않을 것이다. 그래서 말로 스트레스를 풀려는 현상이 생긴 것인지, 어떤 사람은 대한민국 주부 70%가 애인이 있단다. 기가 찰 노릇이다. 정말 그렇다면 나를 비롯한 주변 사람들은 모두 부족함에 대해 중증 등급을 받아야 한다. 사람들은 이렇게 농담 같지 않은 농담을 쉽게 한다.

어느 날 택시를 탔다. 후덕하게 생긴 기사님은 날씨 얘기로 시작하더니 화제를 택시 기사와 여자 손님의 충동적인 로맨스로 몰고 갔다. 그러면서 날씨도 좋은데 드라이브를 가자고 한다. 샤프해 첫눈에 여자들 관심을 끌 인상이 아님을 스스로 모르고, 또 사감 선생 느낌의 나 같은 사람에게 그렇게 주절거리는 것을 보니 그 사람도 허당이 분명했다. 사람은 자고로 누울 자리를 보고 다리를 뻗어야 한다.

"기사님, 저는 조용히 가는 걸 좋아합니다."

그의 눈치는 출장 중이었는지 부재중이었고, 네 가지마저 부족하다고 결론을 내렸다.

"손님을 불편하게 하며 운전을 하시니 차비를 드리지 않아도 됩니까?"

강경한 목소리를 듣고서 입을 다물었다. 차비는 주고 내렸다. 그가 내리는 내 등에 대고 세상엔 좋은 게 좋은데 너무 빡빡하게 살지 말잔다. 멀어져 가는 차를 보며 서글픈 생각이 들었다. 이런 것이 로맨스라면 세상의 모든 로맨스는 '얼음'이라고 외치고 싶었다.

로맨스란 단어를 사전에서 찾아보면 남녀 사이의 사랑이야기나 연애 사건을 말한다. 의미엔 나와 남의 구별이 없건만, 사람들은 내가 하면 로맨스, 남이 하면 불륜이란 말을 아무렇지도 않게 한다. 어불성설이다. 가질 수 없고, 가져지지 않는 것이기에 더 갈구하는지 모르겠다.

독실한 가톨릭 신자였던 미국 카터 대통령은 어느 날 평생 부인만 사랑했느냐, 어느 기자의 질문을 받았다. 마음속으로 간음했지만 실제로는 아내만 사랑할 수밖에 없었다고 솔직히 대답했다. 클린턴은 르윈스키와의 염문 때문에 국민들 앞에서 사과 성명을 발표했고, 변양균과 신정아는 바람직하지 못한 인연으로 잘 나가던 남자를 한 여자의 창살 없는 감옥에 가두어 버렸다. 에드워드 8세와 월리스 심프슨 부인의 사랑은 왕위까지 동생에게 양위한 세기의 로맨스로 유명하다.

고린도 전서 13장에서 사랑은 오래 참고 온유하며, 시기도 자랑과 교만도 않고, 모든 것을 감싸주며, 바라고 믿고 참아내고, 성내지 않으며, 무례히 행하지 않고, 자기의 이익을 구하지 않으며, 진리와 함께 기뻐한다고 했다. 로맨슨 치명적으로 아름답지만 그 앞에선 무엇보다 지혜로워져야 한단 생각을 하게 된다.

여자들, 특히 기혼인 아줌마가 꿈꾸는 로맨스는 소박하다. 자신이 가져보지 못한 경험을 상상하며 행복을 꿈꾼다. 드라마를 보고,

로맨스 소설을 읽으며 자기화로 선망의 사랑을 대리만족한다. 현실의 사랑과 다른 상상 속의 그대를 생각하는 것 딱 그까지다. 로맨스를 상상한다고 해서 머릿속의 모든 생각과 가치관이 그렇게 허물거리며 물들진 않는다. 꼿꼿이 현실을 직시하고 흥미로움으로 생각할 수 있어야 로맨스 소설을 읽으며 상상할 수 있는 능력자가 된다. 꿈과 현실의 분명한 구별지음이 로맨스를 꿈꿀 자격조건이 되며, 약간의 위로와 위안 정도여야 혹하고 너무 넘치지 않는 취미로 인정받을 수 있다.

정작 로맨스가 필요한 시집 못 간 처녀, 총각들이 수두룩한 세상에 일부 여자들의 빛바랜 행동을 전체인 양 떠들어대는 사람들을 보면, 한마디 하고 싶다.

"그 입 다물라!"

생각해 보라. 로맨스의 여러 얼굴은 같은 감정에서 시작되지만, 결론에선 극과 극의 차이가 난다. 원하는 로맨스가 밝고 따뜻한 햇볕 아래 당당할 수 있어야 아름다운 로맨스이다.

여자들이여, 아름다운 로맨스를 꿈꾸며 사랑을 향하여 가슴을 열어라. 진정 모든 걸 다 주어도 아깝지 않고, 한 방울의 수증기로 승화되어도 기꺼울 수 있는 그런 로맨스를 위하여.

패션이란

허탕을 쳤다. 개장식을 했다던 원단시장인 2지구, 텅 비어있는 넓은 공간의 허허 망망함에 서운했다. 2005년 불난 후 원단 장사들은 부초 같은 처지였다. 적당한 천으로 목도리와 치마를 만들어 겨울을 지내려 몇 년째 임시로 영업하는 곳으로 갔다. 겨울은 시작되어 대목을 맞았는데 시장은 이전으로 술렁였고, 그 술렁임에 원단을 싸게 사 올겨울 대비용으로 색깔 별로 목도리를 다섯 개나 만들었다. 무척 마음에 든다. 패션이란 단순한 멋 부리기가 아니다. 하이힐 생각에 웃음이 난다. 서양 복식사를 보면 처음 하이힐은 교통수단이던 말의 등자에 발을 고정한다는 용도의 남자 신이었다. 17C 프랑스 루이 14세가 키 작은 열등감을 해결하고자 평소에 신은 것을 귀족들이 따라 하기 시작했다. 그리고 마리 테레즈 왕비가 베르사유궁전의 증축 당시 불결한 화장실을 거부해 많은 귀족이 만찬

이후 배변을 주변 정원에 해결하자 하이힐이 필요로 급물살을 타고 유행했다. 18C가 되어서 여자의 신발로 변하자 남자들의 신발은 점점 굽이 낮아졌다. 이처럼 패션은 시대적인 환경을 무시할 수 없다. 부산 국제시장도 한국전쟁 당시 피난민의 구호물자가 유통되던 탓으로 세월이 흘러도 보세 가게가 많았다. 보세 가게를 헤집고 다니던 시절은 훨씬 세월이 흐른 뒤지만, 그곳은 특이한 문화처였다. 보세를 즐겨 입거나 수선해 입던 내 패션 감각을 친구들은 요즘도 간혹 기억하며 그냥 아줌마인 것을 아까워한다. 나라가 금융위기를 겪은 뒤 다른 도시에도 구제품 가게가 '빈티지' 란 이름을 걸고 인기몰이를 하고 있다. 가끔 구경하며 추억을 더듬는다. 몸은 팽창미로 굵어지고 연식의 겹이 쌓여 두터워졌지만, 자꾸만 떠오르는 추억이 그리움을 떨치지 못한다. 세월 탓과 불발로 끝나버린 꿈에 대한 미련이 아직 남는가 보다.

여자에게 패션은 소리 없는 외침이다. 외모로 사람을 판단하지 말라지만, 첫인상의 이미지가 중요한 것이 사실이다. 그래서 의관을 잘 갖추는 것이 중요하다. 토탈 패션이란 말처럼 머리끝에서 발끝까지 주제 있게 연출해야 패션리드라 한다. 교육과 환경 변화가 많은 의식을 변화시켰다. 패션의 완성을 코디에 두다 보니 소품이 강조된다. 여자는 가족의 스타일리스트 임무도 수행하므로, 연출할 때 소품, 즉 각종 소도구 등에 신경을 써야 한다. 멋쟁이 보이는 곳보다 보이지 않는 곳에 비중을 더 두는 법. 기본 멋내기로 우연히 벗은 재킷 사이로 드러난 각 잡힌 와이셔츠 깃, 우연히 보게 된 지갑과 잘 다듬어진 구두가 그 사람의 품격과 기품을 대변한다. 명품으로 칠갑한 돈지랄병과는 비교가 안 된다. 머리끝에서 발끝까지 몇백씩하는 명품 로그가 찍힌 상품으로 온몸을 휘감았는데, 그것들이 연방 체제를 거부하고 독립을 주장하는 모습이 제일 봐주기 어렵다. 짠하고 불쌍하다. 가치를 절하시켜도 유분수지 제 꼴도 모르고 얼마나 수고를 덜며 낭비를 했겠는가. 그러나 자기 멋에 사는 세상인데 남이 뭐라던 흉물스럽고 불쌍하게 보여도 자신의 만족도가 중요하지 않은가 싶다. 속내 모르는 이가 비판적인 내 모습에 "너나 잘하세요." 하겠지. 우습다. 정말 세상은 요지경이다.

사실 여자들이 멋 때문에 요란을 떨어도 남자를 따라가지 못한다. 수컷들이 본능에 따라 화려하다. 본디 동물은 수컷이 화려한 법 감췄을 뿐이다, 명품이 전부인 것처럼 허파에 산소포화도를 높인 '명품병' 에 걸린 여자들에게 품격을 운운하긴 힘든 일이다. '청담동 며느리 패션' 이란 단어가 자기주관 부재, 따라 하기 극치를 보여주는 유행현상이다. '여자들이여, 자신만의 멋을 찾자!' 라고 목청껏 외치고 싶다. 그러면서 자신도 명품을 돌처럼 보질 못한다. 최영 장군은 황금을 돌처럼 보라고 했다는데, 훗날을 위해 떠올린 화두였을까 싶은 생각이 들 정도다. 자신에게 맞는 멋스러움보다 값비싸고 메이커가 유명한 명품으로 허영을 부리는 나를 비롯한 여자들에겐 '정신 차리자' 말하고 싶다.

  여자들에게 패션은 자기 내면을 표현하는 방식이다. 그러나 잘 변하지 않는다. 습관이 곧 자신 마음 모양이기 때문이다. 정장을 즐겨 입는 이는 여전할 것이고, 나처럼 편안한 스타일을 고집하며 히피나 집시 풍으로 입지 않는 것만으로도 좋아하는 가족들을 보면, 나 또한 그날이 그날인 게다. 그래도 어울림, 분위기, 스타일 등을 올 무시하는 패션 감각 전무의 여자는 어두운 골목으로 데려가 남들 모르게 손 좀 봐 새로운 코디 법을 보여주고 싶은 욕망이 인다.

  오래전 목격만으로 충격을 주었던 넋 잃은 아줌마의 닳고 낡아 하늘거렸던 모습이 아직도 내 마음을 흔든다. 걸레질할 때, 빨래할 때, 밥하고 먹을 때, 시내로 외출할 때도 같은 차림일 것 같던 그녀의 올 무시 패션. 아무렇게나 묶은 머리와 빛을 잃은 눈동자가 아직도 생생히 기억난다. 그녀처럼 되지 않으리라 생각했었는데, 그녀를 잊고 지낸 어느 날 거울 속에 그녀의 모습이 보여 소스라치게 놀랐었다. 생각해보면 모두가 그 나물에 그 밥이다. 다시는 악몽 같은 그녀를 보고 싶지 않았다. 독하게 마음먹고 기억에서 그녀를 냉정히 쫓아버렸다. 스스로 후해지고 게을러져 나태해지려 하면 다시 찾아들 그녀를 생각해 마음을 다잡으며 노력했다. 살다 보면 탈기해 힘들고 귀찮아 숨조차 멈추고 싶은 날이 왜 없겠는가. 그러나 지나간다고 생각하며, 나아지기 위한 움츠림이라 생각하기로 했다.

'너라고 별수 있겠어!' 라는 말을 듣지 않게 노력한다. 약간의 긴장과 스트레스는 약이 된다고 하지 않았던가. 정원사가 잘 다듬어 가꾼 몽글 몽글 모양낸 정원수처럼은 아니어도, 곧게 뻗어 큰 그늘 만들 수 있는 푸근한 느낌의 정자나무처럼, 오래 기억될 그런 패션이미지를 갖고 싶은 것이다.

여자에게 패션은 명함이다. 패션이라는 단어가 난무한 요즘, 스스로 자의식을 가져 유일유무한 자기만의 색을 가진 아름다운 여인이 되련다. 자기를 소개하며 당당히 보여주자.

"난 이런 사람이야."

하고.

패션니스타로 거듭나려 시도를 하려니, 굵은 허리가 걸림돌로 변해 아우라가 살지 않는다. 허리가 가늘던 시절 360도 후레아스커트를 발목까지 길게 입고 굵은 벨트로 포인트를 주면 내가 봐도 멋스러웠다. 디자인실의 막내였지만, 디자이너의 건방을 혼자 떨고 다니며, 남의 시선을 느낄 땐 오히려 즐거웠고, 디자이너로서 멋만 추구하며 위선을 떨듯 폼생폼사 하는 게 나름 행복했다. 그때 경험한 패션쇼와 화보 촬영 경험이 지금도 가끔 혼자 웃게 한다.

나만의 패션에 대한 열망이 별안간 일어, 한참 만에 낡은 재봉틀 앞에 앉았다. 원피스를 한 벌 만들었다. 그런데 입게 될 지가 의문이다. 오랜만에 만든 옷이라 완성도에 대한 믿음이 떨어져 어색하게 보인다. '다림질하면 괜찮겠지!' 혼잣말로 위로 아닌 위로를 해 보지만, 심경은 요지부동 변하지 않고 지난날만 애꿎게 더듬는다.

독서란

막강한 힘인 종이뭉치의 외유내강, 책은 친구이고 보호자였으며 도피처였고, 배움의 장이고, 선생님이다. 독서를 하며 책을 가슴으로 느낄 수 있어 참으로 복이다. 외로움의 허기, 성장미숙의 엉뚱함, 위기의 탈출, 덜 찬 지혜의 채움 등 독서가 베푼 은혜는 이루 말할 수 없다

큰이모는 나의 초등학생 시절까지 월급날마다 책과 과자, 그리고 옷을 정기적인 행사처럼 사주셨다. 요즘 글을 쓰는 나를 보며 글쓰기의 물꼬는 당신이 텄다며 당당히 말한다. 젊은 할머니, 이모를 보며 나는 미소로 감사를 표현한다.

무서운 귀신이 내려다보는 천장, 뒤집어쓴 두꺼운 솜이불을 방패 삼아 피 머금은 눈동자를 애써 무시하며 밤을 새웠다. 울고 웃으며, 감동하여 숨이 멎을 것 같은 순간들이 결코 마지막 페이지를 내일

로 미룰 수 없게 했다. 짧은 수면 뒤 맞이한 아침 밥상에서 식구들을 놀라게 한 몰골로 포만의 미소를 지었다. 새로운 충격, 난생처음 읽은 책 '목장의 소녀'와 아홉 살 겨울밤에 대면식을 그렇게 했다. 독서의 신선한 충격을 맛본 추억이다. 그땐 밤이면 벽지를 덧바른 천장이 쥐들의 놀이터가 되었고, 우당탕거리는 소리가 어린아이의 겁 많은 상상 속에 온갖 귀신들을 출연시켰지만, 독서로 보낸 첫 밤 이후 밤의 두려움은 책에 밀려나 버렸다.

독서의 일반론을 전하는 것으로 〈정조 이산 어록〉에 "독서는 체험이 중요하니 정밀히 살피고 밝게 분별하여 심신으로 체득하지 않는다면 날마다 수레 다섯 대에 실을 양의 책을 암송한다 한들 자신과 무슨 상관이 있겠는가."라는 대목이 있다. 독서란 지식을 축적하고 머리로 이해하고 가슴으로 체득하기 위한 행동이다. 읽은 지식을 자기 것으로 소화 흡수해야 지혜가 되어 행동으로 나타난다는 말이다. 그러나 우리나라에선 여자에겐 적용되지 못했다. 똑똑한 여자는 팔자가 세다며, 몇십 년 전까지 어려운 살림에 부담되는 교육비를 남아 우선주의로 지출했다. 여자들이 편히 책을 볼 수 있었던 기간은 50년 정도 되었다고 보는 것이 정확할 것이다. 몇 년 전 인기를 끌었던 퓨전 사극 '성균관 스캔들'에서도 사건 전개 부분으로 표현되었다. 남자들이 성균관에서 학문을 연마할 때 우리나라 사대부 집안의 여자와 여염집 여인들은 당시 금서로 취급받던 이두로 씌어진 소설, 즉 음지 문학인 책에 열광할 수밖에 없었다는 걸.

풍자와 재치 그리고 이상향이 이루어지는 내용이 여자들을 설레게 했다. 그러니 전파속도는 말할 필요도 없다. 이 책들이 그 시대엔 풍기문란의 주범이라 여겼다는 것을 말하듯, 여자들에게 독서란 독이라고 여겨지던 세월이었다. 영화 '음란서생' 또한 이러한 역사적 배경을 소재로 만들어졌는데, 임금의 후궁과 사랑을 나눠 벌받는 양반의 얘기가 소설로 만들어져 구중궁궐을 뒤흔든 사건 내용이다. 물론 다소 각색된 부분도 있겠지만, 여자들의 독서 문화가 소재가 된 영화이야기 아니겠는가. 현대 사회에선 상상할 수 없는 일이다. 한국전쟁 이후 우리나라가 이룬 빛나는 발전의 모터가 '어머니의 치맛바람' 이라고 말하는 이도 있다. 교육에 설움 받던 여자들이 이를 갈며 잘사는 길로 교육에 주목했던 것이 지금까지도 곳곳에서 영향을 끼친다고 생각한다.

첫 경험 이후 저금 용도이던 용돈으로 서점을 들락거리게 되었다. 그렇게 시작된 나의 독서는 오늘날까지 이어진다. 책을 사랑하면서도 대여점이나 도서관을 자주 이용하지 않는다. 좋아하는 책은 갖고 싶단 욕심 때문이다. 아이들이 어릴 때, 내 생일 선물 사라는 돈으로 아이들 책을 구매하곤 행복해했지만, 남편은 무척 서운해했다. 그러면서 일갈을 날리듯 책을 읽기보다 수집하는 것이 취미냐 하던 기억이 난다. 그 말에 소화되지 않았다. 책은 취미로 수집하는 게 아니기 때문이다. 아이들에게 책을 찢거나 밟지 못하게 하고 존중하라 가르쳤다. 책 한 권이 주는 지혜의 귀중함을 알려주고 싶어서이다. 요즘도 시간을 내어 인터넷 중고 서적을 뒤적거리며 신간이 뭐가 있는지 살피길 즐긴다. 재수가 좋을 땐 아주 싼 값에 평소에 가지고 싶었지만 2순위로 미룬 책을 사기도 한다. 책을 주문할 때마다 깨끗한 책이어야 한다는 댓글을 다는 습관이 생겼다. 책을 샀는데 지저분하거나 구겨져 있으면 아이들은 책의 교환을 요구한다. 여러 번 느낀 번거로움은 자승자박이다. 거실에서 TV가 사라진 지 오래다. 겹겹이 채워진 서가의 책들이 정리되지 않아 스트레스를 받기도 하지만, 딸아이는 그래도 읽을 책이 없단다. 아이의 방엔 좋아하는 과학책이 좁은 방의 많은 면적을 차지하는데도 책이 없다니, 어떨 땐 얄밉기도 하다. 반면 아들아이는 누가 뭐래도 자기가 보고 싶은 책만 골라서 읽는다. 본인이 원하는 책은 숨겨서라도 읽고, 싫어하는 성향의 책은 성과급을 붙여도 동요하지 않는 굳건한 똥고집을 가졌다. 안방 테이블엔 남편이 보는 책이 여러 권 있고, 침대 위엔 기분 따라 읽을 내 책 여러 종류의 십여 권이 나와 동침한다. 우리 집은 책만큼 자기 편한 대로 읽자는 주의다.

여자에게 독서는 생각의 폭을 넓히고 지식을 쌓으며 논리적인 사고를 키우는 근본 개념 넘어, 한 집안의 지혜를 담당하는 임무가 있기에 더욱 중요하다. 독서를 즐겨 지혜를 키운 여자는 삼 대를 발전 모드로 전환할 막강한 힘을 지닌다. 개천에서 용이 난다는 말을 요즘엔 잘 쓰지 않는다. 요즘엔 도심 속 개천을 그냥 두지 않고, 개발이란 명분에 따라 위를 덮어버리는 복개 공사를 하기 때문이다. 설사 이무기가 개천에 살아도 하늘이 막혀 승천하지 못하는 상황. 세습된다는 무서운 환경을 변화시키는 것은 독서를 통한 교육뿐이다. 독서를 하늘 행 엘리베이터라고나 할까. 태어나면서부터 세상일에 의문을 가지는 것이 인간이다. 책은 읽는 이, 읽은 뒤 느끼는 이에게 생의 길라잡이가 되어준다. 지금 생각하면 나도 책에 의존할 때가 많았다. 처음 키우는 사춘기 딸아이와 대치상황에서 휴전을 선언하고 해결책을 찾아 시내 큰 서점으로 뛰어가 책부터 찾곤 했었다. 해결책이 '여기 있소' 모습을 드러내진 않았지만, 발전으로 성장할 뭔가가 필요했다.

어린 엄마들을 만나면, 우선 엄마 눈높이부터 키우라고 한다. 엄마가 세상을 아는 만큼 아이를 이끌어 줄 수 있기 때문이다. 엄마와 책이 아이에겐 최상의 선생님이다. 배움에 무관심한 엄마는 본능적인 양육일 수밖에 없다. 교육의 기본은 독서. 책의 이해도와 사고의 깊이가 교육과정에서 꼭 필요한 시대이다. 겉멋으로 책을 갖고 진열하진 말자. 척하는 체면과 유식하게 보이고 싶은 무식함을 들어내기보다, 책에서 스승을 발견할 수 있는 지혜를 갖출 수 있게 만들자. 지혜로워지려는 길을 선택한 여자의 독서는 행복의 지름길이다

여자란

'아군은 없다.' 너무 삭막한 표현일지 모른다. 슬퍼야 하는 건지 아니면 당연하게 받아들여야 할지 구분이 안 된다.

여자에게 여자란 은인이요 보호자였다가, 친구이며 동료가 되기도 하고, 경쟁자로 맞서는 적수가 되기도 한다. 같은 본능과 삶의 다른 방식에선 잦은 부딪힘이 있을 수밖에 없질 않겠는가. 그러면서 만들어지는 의미가 무엇인지 궁금하다. 더러 사람들은 평범한 규정을 넘어 색다름, 더 나아가 초월의 삶을 살기도 하지만, 보통 사람들은 주관적일 수밖에 없다.

낯선 상태에서 타인을 처음 만나면, 여자에겐 동성인 여자가 남자보다 편하게 대해지는 것이 사실이다. 그러나 세상일엔 상황에 따라 많은 변수가 생긴다. 오늘의 친구가 내일은 입장이 뒤바뀌기도 하니 말이다.

여자인 나의 어린 시절엔 여자들이 가장 가까이서 보살펴 주었다. 학교에 다니면서 타인과 경쟁을 시작하자 남자보다 여자와 더 치열한 경쟁을 해야 하는 경우가 많았다. 동성의 기질들이 부딪히면 살벌한 접전을 벌이게 된다. 그러다 성인이 되고 사회인이 되니 경쟁은 잦아들기보다 더 많은 방면에서 치열해졌다. 이김에 대한 기쁨은 잠깐이고 거듭되는 고통으로 지쳐가자, 가족들은 새로운 환경을 만들어 안정을 찾으라 하고 할아버지의 유언이 용기를 내게 해 환경 변화를 받아들였다. 그렇게 '여우 피하려다 호랑이 만난 꼴'이 되었다.

결혼은 성인 남녀 버전의 소꿉놀이가 아니다. '시 월드'란 단어가 만들어진 소설 같은 시집살이가 벽처럼 버티고 있다. 신랑이 효자라면 여러 가지 문제들이 더 많이 발생한다던 주변의 얘기를 흘려들으며, 남자와 사귈 때 효자 아닌 사람은 기본 품성이 나쁘다며 만나지도 않았다. 정신적 안정을 추구하며 새롭게 맺게 된 관계에서 따뜻한 가슴으로 품어 줄 것만 같은 여자들에 의해 인생 최대의 위기상황을 맞게 된다.

남편은 둘째 아들이다. 종갓집의 장손 며느리였던 외할머니, 장손과 장남에게 시집들을 간 집안 여자들은 '장'자가 붙은 사람과는 말도 붙이지 못하게 했고, 선이 들어오면 집안 내력부터 살폈다. 네 여자의 하늘을 찌르던 소망이 이루어져 나는 '종'과 '장'자가 붙지 않는 5대 독자 집안의 한갓진 둘째에게 시집을 왔다. 그러나 팔자

도둑질 못 한단 말처럼 숙명을 인정할 수밖에 없었다. 윗동서는 연약한 몸으로 시름시름 앓으며 병원생활을 하더니 급기야 별거를 시작했다. 어쩔 수 없이 집안의 대소사가 둘째인 내 몫이 되었다. 그리고 몇 년 뒤 막내 동서를 맞았지만, 막내로 자라 언제나 집안일엔 소극적이기만 하다, 막내와 막내라는 고리를 끝내 잇지 못했다. 손위 시누와 시어머니는 같은 동네 아파트에 둘레둘레 살면서도 언제나 가까이하기에 너무 먼 그대들로 변했고, 나는 섬에 혼자 사는 처지처럼 되었다.

같은 여자이면서 남자보다 더 날카롭고 예리한 시선으로 관찰하며 간섭해 심기가 내내 불편했다. 시어머님의 신파극에나 나올 듯한 '며느리한테 아들을 빼앗겼다' 말을 듣자, 딸 하나 얻었다고 생각을 바꿀 순 없겠느냐고 진심 어린 건의를 하는 당돌함이 내게 있었다, 하늘에서 내려온다는 '시' 자의 용심을 참고 견디다, 몇 년 주기로 시어머님과 깊이 있는 대화를 하며 타협점을 찾던 며느리. 아군과 적군으로 규정지을 수 없는 애매한 입장으로 인내하며 산 세월이 꽤 길었다. 남편과 다투기라도 하면 이혼하리라 수없이 맹세했지만 삶은 그렇게 원하는 대로 되지 않았다. 이혼하면 친정과도 이별해야 하는 완고함을 교육받으며 자랐기 때문이다. 나중에 안 일이지만 시어머님도 잘 참는다 싶다가 몇 년 주기로 요목조목 따지는 며느리가 불편하고 괘씸해 더 심술스럽게 대했단다. 이십 년을 그렇게 살면서도 남편은 시댁에서 내가 어떤 입장인지 몰랐다.

방관자이면서 혹여 자기 식구를 흉보면 이유 여하를 불문하고 화를 내는 남자라 그 앞에선 함구로 일관했다. 남편은 시댁에서 일에 치여 힘들어하는 나를 보면 참으라고만 했다. 그러나 나도 그를 알지 못했다. 시어머닌 언제나 아내 입장을 논리적으로 설명하며 이해시키려는 남편이 더 밉더라고 하니 말이다. 감정을 앞세우는 사람은 논리력 앞엔 힘을 못 쓴다. 표나게 내 편을 들며 위로하지 않고, 상황을 차근히 정리하는 객관적인 해석이 그의 방식이다.

여자들이 힘든 결혼생활에서 자식 때문에 산다는 말을 하듯, 나도 어느 순간부터 그러면서 삶을 투쟁하듯 살고 있었다. 때론 각자의 입장을 정리하며 강경하게 대처했고, 에둘리기도 하며 지혜로워지자고 자신을 타이르며 견디었다. 이제 한 달 후면 24주년 결혼기념일을 맞는다. 일하다 다치기라도 하면 병원에서 치료받기를 권하기보다 참다 보면 낫는다던 시어머님의 말씀에 대한 야속함도 삶의 다른 방식이라 이해하며 웃음으로 넘길 수 있게 되었고, 시댁에 가는 날이면 몇 시에 왔는지를 점검하며 음식 간이 맞는지 정성스럽게 장만했는지 살피던 시누도 집안의 귀신이 될 사람이 알아서 하자며 다른 집 귀신이 될 형님은 수고스러운 맘 놓으시라 뼈 있는 배려를 기꺼이 수용해 주었다. 이렇듯 조율이 필요했던 여자들이 모이면 이제 웃을 수 있다.

여자라서 여자 편이 되어 이해와 배려를 아끼지 않으리라 기대했던 시댁의 여자들이 최대의 난적에서 공감을 나누는 동지로 변했다.

오랜 세월 함께 한 정 때문이리라. 관계는 언제든 상충하면 색을 달리할 수 있다. 어떤 색으로 칠할 것인가는 노력 여하에 달려있다.

여자들 사이엔 동지애와 전우애가 필요하다. 특별하면서도 별다름을 강조하기엔 뭔가 밋밋하고, 지나가는 바람처럼 모른 척 되지 않는 의식적인 타협이 필요하다. 경쟁하며 적이 될 것인지 콜라보레이션(Collaboration)을 멋지게 연출할 것인지 마음 방향을 정해야 한다. 며느리가 미울 땐 며느리 표 칼국수에 들어가 두 번을 삶긴 푸른 푸성귀 잎도 살아서 펄펄 나는 것처럼 보인다던 시어머니, 자기가 갖지 못한 삐삐 주전자를 아르바이트로 장만한 어린 올케가 철없고 낭비벽이 심하게 보여 절대로 가만 둘 수 없다던 시누는 사명감 대신 믿음을 가지도록 기다렸다. 그렇게 부대끼며 한세월 지내다 보니 이런 집착이 애처롭게 느껴진다. 그러다 불어온 북풍을 함께 견디고 나니 전우애마저 생겨 진정으로 마음을 나누게 되었다. 다정도 병이 될 마음을 나누며 요즘도 절제와 간격 유지를 잘하려 애쓴다.

여자에게 여자란 어떻게 구분지을 수 없는 존재. 같다가도 다르고 다른 듯하다가도 같은 면을 보게 된다. 이해하자고 마음먹으면 모두 이해되지만, 역으로 마음먹는 순간 미움이 산이 되니 말이다. 노력하자. 좋거나 혹은 미운 것은 인간관계의 기본 갈래이다. 여자에게 여자만이 미운 상대가 되겠는가. 우주의 시간으로 찰나에 지나지 않는다는 사람의 일생, 서로 사랑하기에만도 짧단 말이 실감

난다. 세상에 허락된 시간 동안 사랑하며 그 사랑 진정 나누고 싶은 간절함이 인다. 여자로서 여자에게 느낄 수 있는 사랑의 진가를 진정 배우고 싶다.

요리란

　요리란 여러 조리 과정을 거쳐 음식을 만듦, 또는 그 음식을 말하며, 주로 가열한 것을 이르는 명사다. 가만히 생각하면 요리만큼 낯 바꿔가며 변화무상한 게 없다. 요리하는 주체자가 변하고 장소와 도구가 발전하고 조리하는 과정 또한 무수한 발전과 조화를 이루어, 인식들이 세대 교체해 새롭게 단장한 곱디고움이 더러는 더해지거나 간소화된 모습으로 생활 주변에서 빛을 발한다.

　우선 음식 하는 과정에 요리라는 이름이 붙으면 최상급의 음식이 떠오른다. 그러나 요리는 음식 재료와 누가 먹느냐, 가격이 비싼 것에 신경 쓰이기보다 사랑과 정성이 담긴 음식을 의미한다고 굳이 말하고 싶다.

　어릴 때 요리라는 개념조차 모르면서 부엌에서 조리하는 행위가 좋아 보였다. 빨리 배우고 싶었지만, 집에선 이모가 둘이나 있어 기회가 오지 않았고 떼를 쓰면 그저 설거지나 하란다. 친구는 장사하시는 부모님과 직장 생활하는 언니 때문에 공부시간을 줄여 식사 준비를 해야 하는 것에 짜증을 냈지만, 그런 친구가 부러웠다. 열한 살쯤의 일이다. 소꿉놀이하던 친구가 생각이 났는지 쌀을 씻어야 한다며 집으로 가 버렸다. 집엔 아직 아무도 귀가하지 않은 상태였다. 한 치의 주저함도 없이 쌀을 한 바가지 떠 양푼이에 담고 수돗가에 쪼그리고 앉아 씻고 또 씻었다. 손가락 사이를 씻겨 빠져나가는 쌀알의 느낌에 기분이 좋아졌다. 기억나는 대로 쌀을 헹구고 물을 따라 버리자, 뽀얀 물이 회색의 시멘트 바닥을 덮으며 내려가는 모습을 보면 재미났다. 쌀을 비비며 빨래 치대듯 그렇게 엉덩이까지 들썩이며 신나게 문질러댔다. 치댈수록 뽀얗게 변하는 뜨물에 신이나 얼마나 열심히 했는지 모른다. 이마엔 송골송골 땀방울이 맺히고 쌀이 뽀얀 물로 녹아날수록 가슴속엔 기쁨이 차올랐다. 가족들이 쌀밥을 맛있게 먹는 모습까지 상상한다. 그때 난데 없이 등을 때리는 손이 있었다. 양 갈래로 머리를 땋은 막내이모가 놀란 얼굴로 책가방을 놓는 것도 잊고 때린 것이었다.

"가시나야, 쌀을 그렇게 세게 문지르면 싸라기 만들어. 밥을 해 먹을 수 없잖아."

놀라고 황당했다. 큰 눈에서 굴러떨어지던 눈물이 왜 그렇게도 서러웠는지 이유조차 알지 못했다. 단지 착한 일을 하고 있었을 뿐인데 왜 칭찬하지 않고 화를 내는지, 호랑이였지만 언제나 내 편인

할배한테 일러줘야겠단 생각만 들었다.

　여자가 결혼하면 요리하는 게 보람이 된다. 가족들에게 자신의 손으로 직접 음식을 해 먹이는 것이 얼마나 막대한 임무이며 행복인지 느낄 기회를 가진다. 지금 생각하면 유난스러웠단 생각이 들지만, 아이가 어릴 땐 첨가물 때문에 과일 주스와 간식을 직접 만들어 먹였다. 이유식은 열량을 계산하고 오대 영양소를 생각하며 편식 되지 않게 연구하듯 매일 요리책과 계산기를 들고 살았다. 그러나 요즘은 편리한 세상이니 엄마들도 많이 변한 듯하다. 사회적인 인식이 다양하게 변한 것도 이유가 되고, 남녀의 역할 분담에도 의식 변화가 온 탓이겠지.

　가끔 변해가는 요리문화를 접하거나 TV에 유명한 남자 요리사가 나와서 음식을 소개하면 뭔가 빼앗겼단 생각이 드는 것은 나만의 생각인가 싶다. 여자가 요리한다는 것은 가족과 순박하게 함께하는 정겨움의 나눔이다.

　경북 영양의 두들마을로 문학기행을 떠나 작가 이문열의 흔적을 찾아갔을 때, 의외의 수확인 〈음식 디미방〉에 대해 알게 되었다. 17세기 안동 장씨 정부인 장계향이 최초로 우리말 요리책을 쓴 곳을 보게 된 뒤 여자가 만드는 요리에 대해 숭고함이 느껴졌다. 음식을 만들었던 방법의 전수보다 가족을 향한 정성으로 한 가지씩 음식을 만들던 그 사랑에 주목되었다. 여자에게 요리한다는 것이 때로는 귀찮고 성가신 일이기도 하지만, 정성들인 음식을 사랑하는 이들과 나누어 먹으며 느껴지는 행복과 보람은 조리과정의 번거롭고 수고스러운 점을 날려버리는 무엇이 있다.

우리 집엔 밑반찬을 잘 만들지 않고, 사서 먹는 일도 없다. 화학첨가물이 들어간 반찬이나, 냉장고에 들어가 몸을 식힌 음식은 김치 종류나 저장을 해야 하는 계절식품 외엔 잘 먹지 않기 때문이다. 언제든 식구들이 모여 즉석에서 맛있게 먹을 소박한 한두 가지 음식으로 즐거운 시간을 함께하는 것을 기본으로 정했다. 생활의 편리와 필요로 시작된 일이지만 앞으로 장성한 아이들과 각자 바쁜 부부의 일상이 더 그렇게 될 것 같다. 주어진 환경에서 최선을 다할 때 후회와 미련이 남지 않는 법, 가족은 함께여야 한다는 생각 넘어 각자의 역할에 감사할 줄 아는 사람이 되는 게 훨씬 더 중요하지 않을까 합리화를 시켜본다.

여자에게 요리하는 것이 고유 역할로 인정하기 싫더라도 많은 여자가 특히 젊고 어린 여자들이 앞으로 조리방법을 배우는 것에 게으르지 않았으면 좋겠다. 딸아이를 보면 여러 가지가 느껴진다. 시키지 않아도 가족을 위해 쌀을 씻으며 행복해하던 어린시절과 비교가 될 정도로 딸아인 부엌과는 담을 쌓고 사니 어찌 감히 요리를 바라겠는가. 꼭 자신이 아니어도 되는 일엔 별로 시간 낭비하지 않는 게 요즘 젊은이들은 합리적이라 여겨지는가 보다. 보편적인 음식을 모두 배우기보다 자신이 잘할 수 있고 하고 싶은 것만 배워 필요로 익혀가는 것도 크게 나쁘지 않다고 당당하게 말하는 모습 앞엔 고개를 끄덕이지만, 왠지 뭔가가 빠졌다는 허전함이 느껴진다. 걱정은 하지 않으련다. 여자의 가슴에 사랑을 잃지 않는다면 요리 못 해 굶는 일은 없을 테니까. 시대가 변하고 문화가 변하면 행동양식의 변화는 당연하다. 이젠 요리만큼은 여자 영역이라 규정지을 수 없을 것 같다. 앞으로의 세대들은 환경에 따라 누구나 신경 써서 음식 문제를 해결해야 하기 때문이다. 그러나 그럼에도 불구하고 다른 이를 위해 요리하다 보면 행복을 얻는단 사실만큼은 꼭 기억하고 싶다. 아무리 변화를 수용해도 행복을 느끼려는 맘은 본능일 테니까. 작은 바람이 있다면 여자에게 요리가 어떤 의미였는지를 잊지 말고, 누구든 어디서든 잘 먹고 잘 살았으면 좋겠다.

남자란

　여자로 태어나면 본능에 따라 화두 하나는 가진다. 바로 남자. 여자에게 남자가 어떤 존재인지 정확히 파악하기엔 다사다난한 문제들이 많다. 그렇다고 포기할 수도 없다. 자신의 반쪽을 찾아야만 비로소 완전한 하나가 될 수 있는 일생일대의 중요한 문제이기 때문이다. 꼭 여자가 반쪽을 남자로 채워야 하는 것은 아니지만, 보편적인 경우는 그렇다. 옳은 반쪽인지 공회전으로 무의미하게 끝날지는 대상을 우선 찾았다는 전제하의 얘기다. 꼭꼭 숨어있는 반쪽인 남자를 찾으며 여자들은 자기의 이상형을 기준으로 저울질한다. 반쪽짜리여야 꼭 맞는 것이나 욕심으로 완전한 것을 찾으려니 '콩깍지의 작용'을 조물주가 선물하지 않았나 싶다. 여자들이 지혜로워진다면 콩깍지에 쓰여 발등 찍었단 탄식은 사라지리라.

　여자들이 남자를 대상으로 셈하는 실력은 신기에 가깝다. 평생 계산만 하다가 끝내는 어중이떠중이 반 푼 이도 있긴 하지만, 보통 남자를 앞에 놓고 자기와 맞춰보는 것은 타의 추종을 허락하지 않는다. 계산을 잘하는 순으로 남자를 택한다면 우리나라의 사교육 판도가 바뀌지 않았을까.

젊은 여자들은 비슷한 또래의 배우자 후보에게 많은 것을 기대한다. 정작 자기를 성장시켜 본인이 개척할 생각은 안 하고 신데렐라 신드롬을 꿈꾼다. 어느 강연에서 강사가 그런 여자들의 심리를 꼬집어 침 튀기며 도둑 심보라 격하게 표현하지 못하고 불공정거래라고 외쳤다. 강사에게 손바닥이 붉어지도록 박수를 보냈다. 남자들은 여자를 만나고 싶지만 두렵단다. 여자들은 평범한 남자들이 가지기 힘든 조건들을 바란다. 그래서 남자들은 자신의 처지를 한탄하며 다른 나라로 고개를 돌리기도 한다. 자국민도 감탄하는 짧은 시간에 막대한 발전을 이룬 나라, 세계인의 주목을 받는 나라에 사는 젊은이들. 부모세대의 희생 위에 서서 감사를 잊고 앞으로 누리게 될 환경만 희망한다. 노력으로 만들어 내려는 의지보다 공짜로 얻으려는 허영심이 팽배하다. 힘들여 고기를 잡는 법을 가르치기보다 자신이 해봤지만 대물리지 않고 자식은 좋은 것만 보고 느끼고 가지라고 기원한 얕은 사랑이 문제의 발원이다. 힘들어도 해보니 견딜만하고 보람이 있더라고 가르쳤더라면 조금은 모습이 바뀌지 않았을까, 안타까움이 느껴질 때가 더러 있다. 스스로는 잘하고 있는지 돌아보게 된다.

할아버지의 재력과 아버지의 무관심, 어머니의 정보력이 자식을 키운다는 문화, 부잣집 자식이거나 막대한 유산을 남기고 부모가 죽은 상대, 세상에 이름난 스포츠와 고급스러운 취미 생활을 즐기며, 언어가 최소한 서너 개는 능통하고 대기업에 취업해 잘나가는 사람이나, '사' 자가 붙어 잘나가는 전문직이면서 생활 기반이 잡혀 있어 자기 상대에게 맘껏 베풀 준비 완료인 사람을 반쪽으로 바라는 젊은이들. 그대들이 그런 상대를 만나기 위해선 눈높이를 맞춰 노는 물이 같아야 한단 생각을 못 하니 근시안적 사고를 했다고 할밖에. 물론 모두가 아닌 일부의 얘기겠지만, 노력으로 자신을 성장시켜 경험을 에너지 삼아야 함을 잊고 한탕주의로 허파에 바람을 채운 사람. 성형으로 얼룩진 루키즘(외모지향 주의)이 만연해 내면의 아름다움은 잊혀간다. 안타까운 현실이다. 진정한 사랑이 사랑답게 가치를 발휘할 수 있어야 사랑이 가득한 아름다운 사회가 되지 않을까. 혹자는 대한민국의 드라마가 꿈과 이상만을 좇게 해 사람들을 망친단 말을 하기도 한다. 모두는 아니겠지만 일리 있다는 생각이 든다.

여자가 평생 가질 수 있는 허락된 남잔 아버지, 남편, 아들이다. 웃자는 소리로 아줌마의 과반수가 묘한 남자를 하나 더 가졌다고 말하지만 글쎄 더러는 있겠지만, 주위에서 그런 범상치 않은 능력자를 별로 본 적이 없다.

어릴 때는 부모를 따르고, 출가해서는 남편을 따르고, 노후에는 아들을 따라야 한다는 도덕률인 삼종지도三從之道란 말을 하면 요즘 젊은 여자들은 고지식하다며 터부시할 것이다. 여러 책에서 인용되었다고 해서 좋은 뜻이 아니라, 반백의 나이까지 살고 나니 정말 그 말이 맞더란 생각이 든다. 이 말의 근원은 『의례儀禮』 상복 편에서 볼 수 있고, 『삼강행실도』의 열 종 지례, 소학, 소혜왕후의 『내훈』에서도 인용했다. 여성의 인격과 상위를 다 접어두고 그렇게 살아야만 팔자가 세지 않고 평범한 범주에 속하는 삶이다. 평범한 것이 비범하다지 않던가. 아버지가 낳지 않은 자식은 없다. 독신주의가 아닌 바에야 남편을 찾아 결혼이라는 제도를 따르는 것이 일반적이고, 자녀 중에서도 아들을 키워봐야 딸과 다른 아들 맛을 알 수 있다. 엄마에겐 생각 코드가 다른 아들이 더러 힘이 된다. 모임에서 아들만 키우는 친구를 보면, 딸 가진 친구들이 불쌍하다고 말하는 것이 요즘 세태다. 그럴 땐 '나는 본전이다.' 큰소리로 얘길 하지만, 정말 아들만 둔 친구는 편치 않은 얼굴이 된다. 사회가 점점 모계사회로 발전해 간다나 뭐라나. 풍요를 누리게 해줄 배우자를 찾는 잣대들이 문제다. 결혼 후 성장하는 면이 많으므로 서로 키워줄 수 있는 배우자에게 우선권을 주어야 현명하지 않을까.

여자 팔자는 어떤 남자를 만나느냐에 따라 인생이 180도 달라지는 뒤웅박 팔자이다. 장사하는 사람을 만나면 장사꾼의 아내로 살고, 직장인을 만나면 평범한 주부가 되며, 대통령을 만나면 영부인으로 살게 된다. 그러기에 사람들은 만남과 결혼에 더욱 신중히 조건들을 따진다. 더러는 따져도 너무 따져 넘어가야 할 부분에 체중이 걸리기도 한다. 요즘엔 비단 여자들뿐 아니라 남자들도 좀 더 편하고 쉬운 길을 찾으려 쌍심지를 켜고 살피는 세상이다. 여자의 측면에서 보면 '이 남자가 과연 평생 변함없이 잘 이끌어 주고 책임질 수 있는 믿음직한 사람인가? 앞으로 점점 성장하고 발전할 사람인가? 장래가 밝은 사람인가?' 하고 신중해지는 것은 당연하다. 아무리 변하는 세상이라 해도 아직은 남자가 집안의 주체인 경우가 많기 때문이다.

얼마 전 보게 된 사진 한 장이 생각난다. 보는 순간 적나라한 표현에 씁쓸했다. 남녀 한 쌍의 뒷모습 사진으로 남자는 여자의 엉덩이를 잡고 있고, 여자는 남자의 뒷주머니에 꽂혀있는 지갑을 잡고 있다. 산티 나게 해석하면 이기적인 이면을 표현한 것 같고, 좋게보면 각자의 내면적 특성이 잘 드러난 사진이다. 현실과 이상은 엄연한 차이가 난다. 현실적인 여자, 본능에 충실한 남자가 어우러져 한평생 살아내는 것이 삶인가 보다.

여자에게 남자란 물가의 어린애 같고 언제 철들지 알쏭달쏭한, 인생에서 배제할 수 없는 사항이다. 존재함에 가장 소중한 것. 부족하면 보충하고 틀어지면 바뤄가면서 함께 어우렁더우렁 살아가야 하는 것이 아닐까. 그래서 여자에게 남자란 끝내지 못한 숙제 같은 존재이다.

이재경 수필집

생각

4부

생각에
빠지다

'시즌 2, 바다 미美에 젖다'

타향살이, 부초의 삶이란 생각을 지울 수 없다. '고향의 치유력'.세월이 흘러 낯설어도
고향은 고향이다. 요즘 부산에 가면 엉뚱한 서운함을 느낄 때가 있다. 대구와 부산에서
이방인이 되어버렸다. 쓸쓸하다. 고향의 의미로 애써 허전함을 달랜다.

"학생들은 어디서 왔노?"

"우리도 부산 사람이라 예. 바람 쐬러 왔어 예."

파도에 시선을 고정한 나. 옆에 선 짝지가 예의 바르게 대답한다.
아저씨가 장난스럽게 말씀하셨다.

"와! 너그 동네에는 바람이 안 불더나?"

중학교 2학년 봄, 사춘기에 접어들어 묘하게 변하는 기분을 막연
히 작가가 되려는 설렘으로 보냈다. 토요일로 기억된다. 짝지와 해
운대를 찾아갔다. 점심까지 거르고 찾은 바다는 배고픔마저 잊게
했다. 여학생 둘이 넋 놓고 바다를 보는 것이 아저씨 보시기에 우스
웠나 보다. 짝지와 얼굴을 붉히며 웃었던 기억이 난다. 지금 같으면
바닷바람은 안 불더라고 대답했겠지만, 그때는 대답이 대꾸처럼 느
껴져 엄두도 못 내던 착한 학생이었다.

영덕 '블루 로드'와 '삼사해상공원', 부산의 '이기대 둘레길', 그리고 저도의 '비치 로드' 등 작년 연말부터 틈을 내어 바다를 보러다닌다. 거제도 망산에 올라 리아스식 해안의 아름다움을 보았고, 안면도에서의 며칠은 갯벌 체험으로 즐거운 서해를 느끼게 했다. 해남의 땅끝 전망대에 올라 안개 너머 태평양을 바라보며 신비로운 감동도 받았다. 우리나라 바다가 저마다 차이나는 모습을 확인하는 경이로운 경험이었다. 부산에서 태어나 자랐지만 바다는 멀리 있었다. 성인이 된 후 대구로 발령 나 결혼까지 해 지금껏 살고 있다. 기억난다. 부산역 플랫홈에 기차가 들어서면 비릿한 냄새가 고향의 품임을 먼저 알려준 것을. 타지생활에 지쳐 고향을 찾을 때면 제일 먼저 위로가 되어준 냄새. 황령산 아래서 태어나 사직동에서 성년기를 맞았다. 자라며 바다를 찾던 일은 추억으로 남았지만, 이렇듯 바다는 언제나 그리움이었다.

대학 진학으로 고민에 빠졌었다. 잘하는 것과 하고 싶은 것 사이에서 하는 고민도 나름 아팠다. 그즈음 풋사랑도 시작했다. 동아리 선배였던 그와 함께 오랜만에 해운대를 찾았다. 백사장에 혼자 앉아 한참 생각에 빠졌다. 하얗게 부서지는 파도와 인생이 닮아 있다는 생각을 했다. 크게 작게 밀려왔다 부서지는 파도와 사람의 삶이 별반 다르지 않다는 생각을 한 19살 소녀. 그때는 백사장에서 보온병을 든 아주머니들이 다니며 커피를 팔았다. 한참 생각에 빠져있다가 인기척이 없음을 느꼈다. 뒤를 돌아보니 선배가 멀찌감치 않아 내 주변으로 장사들이 오지 못하게 막고 있었다. 조용히 생각을 정리하라는 고마운 배려, 그의 옆에는 여러 개의 종이컵이 쌓여 있었다. 커피 장사와 실랑이하지 않고 내게 공간을 만들어 주던 선배, 스무 살 청년의 품이 꽤 넓었다는 생각이 든다. 젊은 날 한 조각의 추억이다.

직장생활하느라 여행을 다니지 못하다 갓 결혼해 남편과 단둘이 배낭을 메고 동해안 일주를 했다. 부산에서 출발한 여행은 낙산에서 가족들과 합류로 끝이 났지만, 동해를 거슬러 올라가며 아름다운 경치에 감탄했다.

아이들이 태어나 육아에 씨름하던 시절 서해로 여행을 가 아이들에게 갯벌을 체험시켰다. 남해안은 부분적으로 여러 번 다녀왔고 이제 다시 바다를 여행하고 있다. 이번엔 친구와 함께 다니는 여행이다. 색다른 아름다움으로 기억될 '시즌 2, 바다 미美에 젖다' 주제를 살려서. 남들은 말한다. 해외로 여행을 가라고. 그럴 때 힘주어 답한다.

"아직 우리나라도 못 봤는데 외국은 무슨. 우리나라를 다 보고 난 다음에." 세월 따라 변하는 것을 찾아 떠나는 여행. 그러나 변하지 않는 것 하나, 어느 바다를 가든 느껴지는 비릿함. 냄새가 고향의 대명사로 각인되었나 보다. 부산 출신의 새댁이 분지인 대구로 시집와 힘든 적응기를 보낼 때 가슴을 파고든 냄새, 비린 향기인 고향 냄새. 미소를 머금고 역사驛舍를 빠져나오면, 바다가 보이던 이모

집 거실에서 보던 바다의 전경이 어떠한 것이라도 치유해주는 명의 名醫가 되었다. '고향의 치유력'으로 기운을 회복해 다시 대구로 향했다. 이렇듯 바다가 고향이다.

검정 비닐봉지의 비애

의인화로 사물을 바라보길 즐긴다.
엉뚱할 진 몰라도 재미있다.
때론 '역지사지' 하며 자기반성이 진하게 일기도 한다.

아파트 입구에 채소 장사가 온다. 전화로 주문하거나 직접 물건
을 고르면 배달까지 해 주니 시장이 멀어도 불편을 모른다. 일주일
먹을 채소를 한 번에 산다. 아무리 조심을 해도 몇 가지는 못 먹고
음식물 쓰레기통으로 직행하게 된다. 그럴 때면 자신의 게으름보다
채소 장사가 넣어 주는 검정비닐봉지를 탓하며, 잘 보이지 않아 잊
어버렸다고 엉뚱한 타박을 했다. 검정 비닐봉지만 애꿎게 탓했다.

50대 후반의 아주머니가 시장에서 운동화를 사고 장사가 건넨 검
정 비닐봉지를 받아들었다. 그리고 싱싱한 고등어를 두 마리 샀다.
이번에도 검은 비닐봉지에 넣어 건네준다. 재래시장에서 통용되는
검정 비닐봉지는 종류 구분 없이 사용된다. 며칠이 지난 뒤 현관 근
처에서 비릿한 냄새가 났다. 처음엔 앞집에서 무얼 하기에 이런 냄
새를 스며들게 하는지 공동 주거 공간에 대한 예의가 없는 집이라

생각하고 넘겼다. 그러나 냄새는 점점 심해져 도저히 참을 수 없었다. 운동하러 나가며 오늘은 한마디 해야지 결심하고 며칠 전에 산 운동화를 꺼내려 신발장을 열었다. '오! 마이 갓'이 무슨 상황. 신발장에서 운동화가 고등어로 둔갑해 곰삭고 있었다. 놀라서 냉동고에 넣어둔 고등어 봉지를 꺼내보니 운동화가 오들오들 떨고 있었다. 검정 비닐봉지만 아니었어도 부피와 무게가 비슷한 봉지를 구분했을 것이라는 얘기. 아줌마들은 경험으로 공감하는 일이다. 냉장고에서 발견되는 리모컨은 이제 이야깃거리도 못되고, 저녁에 퇴근한 남편이 발견한 냉장고 속 고양이는 가장된 듯도 하지만 일상생활에 비일비재한 건망증을 검정비닐봉지가 만든 게 아닌 건 분명하다.

만약 검정비닐봉지가 감정을 느낀다면 어떤 기분을 느낄까. 자기들이 필요해 사용하면서 보이지 않는다는 이유로 실수를 돌려 원망까지 하니 억울할 것이다. 사람의 입장에서 보면 검정비닐봉지가 무생물이라 다행이다. 억울한 소리를 해도 돌아오는 것이 없으니 말이다.

사실 우리 집 냉장고 채소 통에도 부추가 검정비닐봉지 안에서 울고 있다. 시간이 흘렀기에 부추는 버려야 할 것이 분명하다. 몹쓸 습관을 여러 번 반복한다.

이러저러한 가림 없이 원하는 대로 품을 여는 검정비닐봉지. 물론 말을 할 수도 느낄 수도 없겠지만, 우리 생활에 필요이다. 검정비닐봉지를 보며 실수를 반성하고 좀 더 나은 사람으로 거듭날 수 있다면 검정 비닐봉지는 스승이 되리라. '부처의 눈에는 부처만 보이고, 돼지의 눈에는 돼지만 보인다.' 무학 대사의 말처럼, 삶속 어디에서든 부처를 볼 수 있는 부처가 되고 싶다. 그러면 가득한 이 어리석음도 지혜로움으로 바뀔 테니까 말이다.

진짜?

가볍게 웃자고
세상을 유랑하는 이야기로 글감을 삼았다.
그냥 한 번 웃자.

"고놈 코 한번 잘 생겼네."

사람들은 코에 관심을 더러 보인다. 과학적인 근거는 없다. 큰 코가 남자의 상징인 것처럼 말한다. 예부터 내려오는 말이 틀린 적은 별로 없지만 이 말은 아니란 생각이 든다. 처음 남자의 코와 성기 크기가 비례한다는 얘기를 들었을 때 그냥 웃었다. 근거 자료가 명확하지 않고 논리력이 떨어지는 얘길 잘 받아들이지 못하는 타입이다. 들을 때 재미있었다. 선입관이 중요하다더니 믿지 않는 얘기도 듣고 나니 한동안 남자들을 볼 때 코에 시선이 머물렀다. 눈동자를 첫인상으로 보던 습관은 사라져버렸다. 귀동냥이 호환과 마마보다 더 무서운 중독성이 있었다.

로댕은 작품 '코가 깨진 사나이'를 시리즈로 발표해 시대적인 사실성을 생생히 보여 주며, 당시 도시 하층민의 현실을 깊은 주름과 거친 뺨으로 표현했다. 부러진 코는 척박한 현실과 그러한 고단한 삶을 품고 있는 인간의 내면을 보여준다는 평을 읽은 기억이 난다. 어찌 보면 사실주의 풍의 로마 시대 인물 조각상을 연상케도 하고, 고전주의 전통성과 당대 현실적인 시대성을 동시에 겸비한 작품이 라는 평에 공감하기도 했다.

현재 루브르 박물관에 소장된 레오나르도 다빈치의 작품 '코가 휜 수염 난 남자'도 같은 맥락이다. 무엇을 표현하고 싶었을지 레 오나르도의 생각을 정확히 알 수는 없다. 그러나 작품 속 남자의 눈 에도 고단한 삶을 살아야만 했던 현실의 안타까움이 느껴진다고들 평한다. 노인으로 삶을 다 살아낸 생의 끝점에서 표현한 휘고 깨진 남자의 추한 코, 감상자의 사유 깊이를 더하게 하여 삶의 의미를 화 가는 느끼게 하고 싶었던 것일까.

젊어선 짱짱하게 누가 뭐라 해도 자기 쪼대로 살아가던 남자들. 나이 들며 세상과 부대껴 모가 깎여 나가면서 성숙해지는 것인지, 체념과 포기를 배우며 자신을 접고 현실과 타협하는 모습에서 성 장 미와 생의 고단함을 느껴야 하는 것이 정답일까. 여자의 입장에 선 곱지 않게 늙어버린 남자들이 그렇게 보인다. 안쓰럽다. 심지어 불쌍하게 느껴진다. 힘을 잃지 않고 담담히 앞으로 나가는 모습, 고 통은 예견되지만 연약한 식솔을 품고 모진 풍파를 감수하는 강인 한 모습, 여자들은 아버지와 남편에게서 신의 위대함을 느낀다. 그 리고 자기 남자가 힘들어할 때 따스한 위로가 하고 싶어진다. 그런 것이 자기 남자를 바라보는 여자의 애정이다. 코의 모양과 크기에 대한 생각은 흔적도 없다.

남자의 코 때문에 밤이면 밤마다 잠을 설치는 여자가 있다. 절대 작지 않은 코지만, 의미보다 기능을 걱정한다. 음주라도 과하게 한 날이면 불침번을 서야하고, 천장이 들썩거릴 코골이가 멈출 때면 무호흡증 때문에 신경이 곤두서기도 한다. 그의 멈춰버린 숨을 틔우기 위해 몸을 흔들다 불면의 괴로움이 신경을 자극하면 흔듦 대신 미움 실린 발길질이 나가기도 하다가 인중에서 숨결을 확인하는 여자다. 숙면을 취하지 못하는 자의 밤은 고문이다. 남편의 코 고는 소리가 자장가로 들려야 천생연분이라는데, 삼십 년이 다 되어가는 세월 동안 아직 적응을 못 했다며 그녀는 각방 쓸 궁리만 하고 있다.

서양과 고대 로마 사람들은 코의 길이가 길수록 성기의 힘이 좋다고 믿었다. 요즘 기준으로 본다면 터무니없는 얘기다. 미국의 한 비뇨기과 의사가 코 크기와 허리둘레, 엉덩이둘레, 키, 체중, 성기의 크기 등에 대해 조사를 해보니 전혀 상관관계가 없더라는 신문 기사를 읽었다. 웃자고 하는 얘기지만, 남자 코와 성기의 상관관계를 패러디한 재미난 얘기들이 항간에 많이 떠돈다. 중요한 코를 우스갯거리로 삼기엔 적당하지는 않지만 그만큼 중요하니 항상 잊지 말자는 의미가 내포되어 있다. 웃자는 얘기엔 웃으면 그만인 게다. 많은 의미를 부여하지 않고 남자의 코를 보며 웃음을 품는 엉뚱한 생각 한번 해보았다.

된장 향香

보이지 않는다고 없는 것이 아닌데, 보이는 것 위주로
생각하는 버릇이 있었나보다. 드러나지 않는 것,
잠재된 것이 가장 자기다움인지도 모른다.

몇 년 전 난방 공사 인부가 고추장 단지를 깨버렸다. 난생처음 담
은 고추장이 양지바른 베란다에서 일광욕을 즐기다 참변을 당했다.
깨어진 항아리와 뒤엉킨 고추장을 보며 어물게 집에 있던 남편에게
장 단지 건사 못했다고 화를 냈다. 그 뒤로 장을 담지 않는다. 첫정
잃은 후유증을 앓고 있다.

간장이나 된장이 떨어지면 남편은 말한다. 요즘 주부들 장을 잘
안 담그는데 당신은 꼭 배우라고. 한마디만 더 하면 입막음용 쐐기
박기를 날릴 텐데 언제나 눈치껏 퇴장한다. 콧구멍으로 바람 빠지
는 소리를 살짝 흘린 뒤 호언장담했다. 주부 몇 년 찬데 그걸 못하
겠냐고. 열광은 받지 못하나 없으면 꼭 찾게 되는 식품. 시댁에서
가져다 먹는 게 대부분이지만, 지인이 만들어 판다고 해서 고로쇠
물로 담근 참살이 된장을 사서 찌개를 끓였다. 오랜만에 된장찌개

는 봄나물과 함께 뚝배기의 바닥이 드러나는 즐거움을 주었다.

여행지에서 된장에 대한 잠재의식을 깨워준 일이 있었다. '그래 된장을 먹지 못해 병든 병아리처럼 힘이 없었구나!' 신기하면서도 믿기지 않았다. 평소 뚝배기에 된장찌개를 끓여 한두 끼 먹으면 남은 찌개는 식탁 위를 쓸쓸히 지키다 곰팡이를 업고 장렬히 버려졌다. 고기 굽거나 고추를 찍어 먹을 때 말곤 된장을 찾는 일이 없었다. 그런데 토속적인 된장을 이면의 본능으로 갈구하게 되다니 쉽게 인정되지 않았다.

창밖을 내다보며 하얀 구름 위라는 사실에 촌스러운 탄성을 질렀다. 베트남과 캄보디아를 일주일 동안 다녀왔다. 십 년 넘게 미루어 온 여행, 색다른 볼거리와 호기심은 활력을 불어넣어 예민하기로 유명한 불면증마저 무색하게 만든 즐거운 여행이었다. 그런데 언제부턴가 먹어도 배가 부르지 않고, 먹지 않아도 배고프지 않았다. 원인 모를 야릇한 기분에 불편해지고 있었다.

베트남의 토양은 석회질 층이 많아 생수를 식수로 사용했다. 하롱베이와 하노이는 해산물이 많았지만 입맛엔 맞지 않았다. 앙코르와트 사원이 있는 캄보디아의 씨엠립, 토질이 황토라 채소들이 우리나라와 같은 종류였다. 음식들이 한식 옷 입은 정성에 기꺼이 먹었지만, 먹을수록 달랐다. 김치도 끼니마다 나왔고, 국과 면 또한 큰 어려움 없이 먹혔다.

여행지에 도착한 날부터 국내에선 비싸 마음껏 먹지 못한 서러움을 풀자며, 열대과일을 종류별로 먹었다. 며칠 지나자 심드렁해졌다. 누구는 즐겨 마시던 커피가 없어 그렇다고 했고, 누구는 들컨한 과일 맛 때문이라고 추측했다. 이유가 오리무중인 가운데 여행의 끝을 고하는 마지막 비행기를 탔다. 떠나올 때와 같은 비행기지만 출발보다 더 고달팠다. 옆자리 친구는 심한 울렁증으로 바닥에 무릎을 꿇고, 의자엔 엉덩이 대신 머리를 뉘었다. 이국적인 문화에 감탄하던 일행들이 왜 패잔병이 되었는지, 피로 때문이라고 할 수도 있겠지만 계속 여운이 꼬리표처럼 따라다녔다. 마지막 기내식, 식단은 그럭저럭 좋았지만 친구들은 아예 기내식을 포기했고, 나는 물로 입만 적셨다. 그러다 언제 잠이 들었는지 기내 방송 소리에 눈을 떴다. 인천 공항에 곧 도착한다는 내용이다. 불현듯 된장 냄새가 느껴졌다. 비몽사몽인 정신을 차려 둘러보았다. 아무리 둘러보아도 된장 냄새를 풍길 만한 것이 없었다. 비행기조차 우리나라 비행기가 아니었다. 주변의 다른 외국인이나 관광객들은 아무렇지 않게 행동하고 있었다. 머릿속은 한술 더 떠 된장으로 만든 음식들이 떠올랐다. 일주일 동안 먹지 못한 된장 생각이 그때서야 났다. 색다른 문화를 보기 위해 먼 타국까지 가서 내재하여 있던 우리 문화의 중요성을 깨닫다니, 가슴속에 뜨거움이 뭉클 차올랐다. 본능적인 감흥으로 향수를 불러일으킨 된장. 일주일의 공백으로 허기져 갈구하게 되다니. 아마도 여행 중이라 제때 먹을 수 없단 생각이 만든 상실감 때문이리라.

냄새라 표현할 수 없는 향❝기, 된장 향.

'의식한다.' 개념 넘어 더 큰 의미의 본능. 된장은 음식을 넘어 민족 정서 부분까지 영향력이 발휘되는 치료제였다. 냄새의 구수함과 혀끝에 닿던 된장찌개 국물 맛이 간절해졌다.

해마다 음력 이월의 말날 장을 담근다는데, 올해 가을엔 메주를 준비해 내년엔 처음으로 된장 담그기에 도전해 봐야겠다. 꽁무니 빼던 장 담그기를 이제 할 때가 되었나 보다. 게으름으로 소중한 것을 더는 미룰 수 없다.

이번 여행은 새 문화를 보고 느낀 감탄과 된장에 대한 문화적 뿌리의 중요성을 느낀 것이 보람으로 남는다. 기본적인 소중함은 느낌으로도 품을 수 있는 항아리를 가슴에 품고 싶다. 보지 않아도 아는 것처럼.

넘어지다

이젠 넘어지기 싫다. 첫째, 부끄럽다. 둘째, 아프다.
셋째, 어리광쟁이지만 친구와 가족들에게 어리광부리기 싫다.
… 사랑받아야 하는 여자, 사랑이 부족했나?

'넘어진 김에 쉬어 간다.' 했는데, 넘어져 쉬기는커녕 온갖 상상을 하며 일대기 영화를 한 편 상상했다. 넘어지면 일어나면 되는 걸. 툭툭 틀고 다음부터 조심하면 되는 걸 소심한 사람의 본성으로 확대 해석해 갖은 스트레스를 만드는 대단한 능력의 소유자이다. 세 번의 넘어짐으로 무엇이든 단순하게 판단하는 것을 배웠다. 최근 잊고 있던 넘어지기로 평생 넘어지지 않고 잘 걷는 것에 대해 생각하게 되었다. 넘어지는 체험을 해 봐야 잘 걸어 다니는 것에 감사하게 된다. 무심히 지나는 것들을 놓쳐 잊고 잃는 것들이 많음을 알았다. 세상만사 모든 것을 다 배우고 경험할 수는 없다. 경험은 확신을 가지게 한다. 그래서 경험하기를 좋아한다.

꽈당 1.

떠나는 임에게 떨쳐진 비련의 여인처럼 오른쪽 구두굽이 떨어져 왼쪽으로 꽈당 넘어졌다. 왼쪽 무릎의 피부가 벗겨지고 허벅지와 엉덩이는 급작스런 얼얼함으로 날벼락을 맞았다. 얇은 여름 바지에 구멍이 났다. 동성로 한복판의 번잡한 버스 정류장에서이다. 내려다보던 무수히 많은 눈동자가 의식되자 본능에 따라 벌떡 일어나 아무 일도 아니라는 듯 무릎과 엉덩이를 털며 바닥이 왜 이렇게 미끄러우냐고 공시랑 그렸다. 통증도 잊고 아프지 않은 척 그곳을 최대한 빨리 벗어나야 했기에 달아난 구두 굽의 장애를 넘어 잽싸게 한적한 곳으로 이동했다. 다쳐 아픈 무릎을 살펴보았다. 그날 운명을 함께 한 바지의 구멍에는 꽃 자수를 놓았다. 스마트 폰 시대인지라 상처 난 무릎 사진을 찍어 카카오 스토리에 올렸다. 170cm의 덩치 큰 거구가 시내 한복판에서 구경거리를 자청한 넘어짐으로 비참했던 순간을 기록으로 남겼다. 댓글의 염려와 걱정 짙기는 말이 필요 없을 정도였고, 심지어 웃으면 안 되는데 웃긴다며 넘어지는 그 장면 어디서 재방송하느냐 놀림도 있었다. 그래 니들도 다음에 넘어져 봐라 얼마나 아프고 창피한지… 이를 앙 다물었다. 가만히 생각해보니 정말 오랜만에 넘어진 것이다. 요즘 길과 신발이 좋아져 넘어지는 사람 보기가 하늘의 별 따기. 그래 살신성인의 마음을 가져야지. 넘어지는 모습으로 이름 모를 눈동자들에게 웃음 한번 보시했다고 생각하고 마음을 털었다.

꽈당 2.

새벽부터 촉촉이 내리는 이른 가을비, 완연하지 않은 가을비는 풋과일처럼 덜 익은 낭만을 느끼게 한다. 토요일 오전 대지를 적시고 있는 가을비를 멍하니 베란다 넘어 보다가 외출 준비를 했다. 무사히 일을 마치고 아파트 단지에 접어들자 그때야 안도가 느껴졌다. 우리 동 옆으로 난 숲길이 생각났다. 빨간 벽돌이 아름드리나무 몇 그루의 나뭇잎을 이고 운치를 느끼게 하는 길. 비 오는 날이면 걷기 좋은 길로 먼 길 돌아 그 길로 접어들었다. 말랑거리는 기분으로 손에 든 보랏빛 우산도 좋아하는 것이었다. 그렇게 나무를 살피며 비에 젖은 나뭇잎 냄새를 맡으며 느릿느릿 걸었다. 길이 끝나는 곳에 도착했는데 갑자기 운동화가 미끄러지더니 왼쪽 무릎이 힘없이 꺾이며 빨간 벽돌 길과 돌계단 사이에 있던 쇠로 만든 배수구 망을 사정없이 찧고 말았다. 쇠 철망이 부러지진 않았다. 문제는 '비 오는 날 먼지 나도록'이란 말처럼 쇠와 무모하게 부딪힌 마찰력으로 무릎 뼈의 아픔은 표현하기 어려운 정도였다. 얼른 일어나 우산 속으로 모습을 숨겼다. 그러나 한참을 꼼짝없이 서 있어야 했다. 굵은 비는 내 눈에서도 내리고 있었다. 움직여지지 않는 상황이 원망스러웠다. 간신히 휴대폰을 꺼내 아들을 불렀다. 뛰어온 아들은 멀쩡히 서 있는 엄마가 장난하는 줄 알았단다. 가까이 온 아들의 표정이 굳어졌다. 간신히 집에 도착하자 아들은 파스를 사러 약국으로 뛰어갔다. 꽤 긴 시간을 파스와 씨름 하며 퍼렇다가 보랏빛으로 물든 뒤 노랗게 변색하며 사라지는 무릎의 멍은 많은 생각을 만들었다.

꽈당 3.

꼬꾸라져 일어서지 못한다. 역시 아프다. 머릿속이 멍해졌다가 뒤죽박죽 혼란스럽게 변한다. 두 달 사이에 벌써 세 번 넘어져 양 무릎에 상처 자국을 만들었다. 꽃무늬 긴 치마가 얼마나 고마운지 모르겠다. 벌떡 일어섰다. 그런데 너무 아프다. 뜨거운 열기의 흐름으로 등줄기에 식은땀이 났음을 알겠다. 지난번 넘어졌을 때 이 나이에 피딱지 만들 정도로 넘어지는 건 쉬운 일이 아니라던 후배의 말이 맴돈다. 준비도 예고도 없이 거듭 넘어지고 잠시 심각한 생각에 빠졌다. 그런데 생각지도 않은 순간 아파트 주차장에서 어이없게 꼬꾸라져 오른쪽 무릎을 또 찧고 말다니. 화려한 색의 꽃무늬 긴 치마를 입어서 표시내지 않아도 되었지만, 너무나 아팠다. 걸을 때마다 상처가 치마 원단에 쓸리니 신음이 저절로 났다. 쪼그라져 접친 몸을 겨우 일으켰다. 이젠 넘어졌다고 아들을 부를 수도 없었다. 두 번째 넘어지고 아이들은 머리 사진을 찍어 봐야 한다며 며칠 동안 유심히 엄마를 관찰했다. 의심의 눈으로 보니 손에도 힘이 없어 그릇을 떨어뜨리고, 말하다가 단어를 잊어버리고, 간헐적으로 기억이 나지 않는데다 같은 장소에서 혼자만 이상한 냄새가 난다고 우기기까지 했다. 조용히 집으로 들어가 연고를 바르고 밴드를 붙였지만 굽힐 수 없는 무릎 때문에 집안일을 할 수 없었다. 이번에도 휴대폰으로 상처의 사진을 찍었다. 전송용이 아니라 기록하기 위해서다. 평소에 없던 일이다. 자꾸만 넘어지는 일로 식구들을 걱정시키기 싫다. 아직은 시간이 필요한데 큰 병이라도 있는 건 아닌지 어찌 걱정되지 않겠는가. 친구와 통화하며 다른 사람 얘기라고 둘러대 계속 넘어진다는 말을 했더니, 친구도 2년 전 그런 경험이 있었는데 대학병원에서 검사했더니 별일 없었다며 걱정은 그만두고 검사를 해 보란다. 돌려서 얘기해도 바로 알아듣는 친구에게 숨긴 건 미안했지만, 안도의 숨을 쉴 수 있었다.

진짜 머리에 이상이 생긴 건 아닌지 그간의 증상들을 모아본다. 의심 앞에선 많은 병명이 굵직하게 잡힌다. 정말 머리 사진이라도 찍어봐야 할 일인가 걱정이다. 병원 진단은 미루고 온갖 병명을 다 가져다 맞추며 자가 진단을 하고 있지만, 현명한 방법이 아닌 건 안다. 두렵다. 예견되는 미래는 편치가 않다. 삶에 우선순위가 있음을 무시하게 되다니, 높지도 않은 코 때문에 후회할일 없겠지.

사람을 향한다

존재하는 모든 것과 통한다는 생각을 한다. 그리고 인간 중심적인 면으로 본다면
공기, 물, 사물, 지명 등도 모두 인간을 중심으로 축을 이루며 존재한다고 말하면
지나친 생각이 될까. 남들은 나보고 생각 변두리가 넓단다.
오지랖이 넓단 말이다. 가지치기하고 단순하게 살란다.

배를 탔다. 섬에 다녀왔다. 미지를 향한 마음은 호기심에서 시작
하는 것이라 그런지 눈에 보이는 것들은 모두가 신기했다. 익히 알
던 것에도 감탄이 인다. 바다와 해안, 그리고 섬마을의 모습들은 어
디라도 비슷하지만 난생처음 본 느낌이다. 그렇다. 은밀히 따지면
그곳은 처음이다. 몇 군데 섬을 다녀보니 공통점이 있었다. 섬 산은
오르기가 쉽지 않다. 얼마 되지 않는 주민들은 그곳 산에 관심 없는
무심함이 보인다. 아마도 생업이 바다에서 이루어지니 그런가 보
다. 섬 산은 관광지 선정이 돼야 군청에서 시설 투자를 해 관리를
한다.

척박한 삶과 닮아 있는 섬, 도시 사람의 의미 없는 기준이 헛헛한
안타까움으로 심중을 채운다. 옛집 마당을 안고 지은 새집은 여름
엔 민박집으로 사용하던 별채인가 보다. 겨울 한 철 봄 초를 다듬는

작업장이 되어 노부부가 불어오는 해풍을 피해 나물단을 만들고 있다. 투박한 노인의 손과 구릿빛으로 그을린 모습에서 순박한 미소가 더 맑아 보인다. 흥정하는 외지인에게 나물 한줌 덤으로 넣어 줄 정情도 돈으로 환산된 지 오래된 표정을 보았다. 서글픔이 밀려와 그 얼굴을 피해 안채에 붙은 오래된 마루 끝자락에 앉았다. 처마 끝에 매달린 메주엔 아직 푸른 곰팡이 꽃은 피지 않았다. 농을 주고 받듯 그렇게 검정 비닐 여러 뭉치가 뭍으로 나갈 채비를 마쳤다. 손님이 배낭에서 캔 맥주 두 개를 노부부에게 건네자 분위기는 다정으로 변한다. 두어 발자국 떨어진 평상에서 그들 모습이 보인다. 그리고 대문 밖으로 보이는 몽돌해변과 텃밭의 봄초가 한눈에 들어온다. 섬 주민의 연명 줄 같은 해풍 맞으며 자란 나물, 두터운 잎을 땅에 붙이고 자세를 낮추고 있다. 잊지 않고 찾아주는 관광객들에게 고맙다는 말을 주민들 대신하듯 그저 웃고 있다.

섬 산은 높진 않으나 쉽게 허락하지 않는 길, 육지가 겨울의 맹추위에 떨어도 섬을 돌아 둘러볼 수 있는 둘레길엔 사계가 구석구석에 웅크리고 있어 관광지의 이름값을 하고 있다. 꽁꽁 얼어 얼음을 품은 길, 양지바른 자리를 비켜 햇살을 머리에 인 질척이는 진흙길, 폭신함마저 느끼게 하는 갈변한 잎들이 깔린 낙엽길 등을 지나고 웅달진 소나무 숲길을 지나니 양지바른 언덕을 품은 길이 굽어 돌고 있었다. 눈앞엔 한려수도의 해상공원, 멋진 섬들의 행렬이 펼쳐지고 섬을 띄운 바다는 성품인 양 고운 빛깔의 자태를 끝없이 펼

쳤다. 어떤 고통 속에서 허덕이는 이라도 이 풍경에 감탄하지 않을 수 없을 것이다. '저 하늘에 찬란한 태양이 빛나는 곳에…' 너무 오래되어 가사마저 잊어버린 노래가 부끄러워 입을 틀어막아도 자꾸만 새어 나온다. 고장난 카세트처럼 구간 반복만 하면서도 기쁨의 수위가 점점 더 높아짐을 느낀다. 가슴에서 피어오르던 뭉클함이 더 이상은 눌러지지 않는다. 독백하듯 중얼거린다. '그래 모든 것은 지나가는 거야. 잘 되겠지. 세상은 이렇게 아름다운데, 쉼 없이 돌고 있는데, 나도 세상에 있으니, 어려움이 다 지나고 나면 언젠가는 날개를 퍼덕이며 비상하겠지.'

허물어져 가는 폐가 뒤에 자리한 암자로 오르며 돌계단 곁에 새싹으로 돋은 쑥이 보였다. 여린 것이 어여뻤다. 섬 허리를 돌아 우거진 동백 숲 너머로 돌아 나오니 돌로 쌓은 축담 밑에 새벽에 내린 서리가 미처 승천하지 못하고 풀잎에 총총히 매달려 그곳만 싸락눈이 내린 것처럼 보였다. 차가움보다 애처로움과 신비로운 생각에 걸음을 멈추었다. 멈추어 서서 얼음이 된 듯 공감각이 멎었다. 시계를 보니 오후 세 시가 넘어간다. 서리를 오후까지 매단 풀은 섬을 닮았다. 봄초를 다듬던 노인의 삶과도 닮았다. 인생에서 그곳은 초겨울 즈음인가, 하루를 밝히기 전 새벽을 의미하는 걸까. 세상의 사이클을 사람이 닮았다고 생각한 것처럼, 섬은 사람을 닮아있었다. 생, 노, 병사, 남녀노소 구별 없이 사람을 닮은 섬 모습이 사람에게서 뻗어 나간 그림자처럼 짧았다가 길어지며 그렇게 세상과 하나인

듯 성정이 사람을 향하고 있다.

섬을 둘러보고 회귀한 곳의 바닷바람은 산 위의 변화무쌍한 기온과 견줄 수 없이 강력함을 지니고 있다. 누구에게나 평등한 곳, 가장 인간적인 그곳, 인간 본연의 모습이 절대불변의 진리처럼 변하지 않는 곳, 허허로운 해변에서 화장실로 강풍을 피해 사람들이 모여든다. 이미 공간은 포화상태로 외항과 내동을 잇는 호리병목 해변을 건너, 공판장 역할을 하는 뼈대 앙상한 다목적 건물로 사람들이 움직인다. 그곳으로 가기가 만만치 않아 가다가 포기한 일행도 다시 용기를 내어 합류한다. 모래사장이 펼쳐진 쪽에서 굵은 모래가 사정없이 전신을 때린다. 마치 주거지인 내동으로 들어오는 사람들에게 부정을 가시는 소금 세례를 뿌리듯. 등산복으로는 무장의 한계인 얼굴을 모래가 사정없이 때린다. 아프다. 억울하다. 뺨을 맞아야 할 이유가 없다는 생각에 억울함이 인다. 삶엔 예상외로 우발적인 것이 많다. 머피의 법칙을 들먹이며 원망하던 그 순간이 떠오른다. 모두가 사람을 닮았다. 머피의 법칙도 억울함에 댓거리 하듯 빗대어 만들어진 말이리라. 어느 선지자의 말처럼 '사람이 곧 세상' 이라는 말이 저장된 창고에서 비적비적 일어나 존재감을 알린다. 그래 사는 것이 다 그런가 보다. 기본적인 사이클이 때로는 따로, 때로는 겹치면서 돌고 도는 게 세상의 법칙인가 보다.

섬에서 나를 본다. 아픔과 고통이 존재하므로 기쁨과 해결되는 안도감의 소중함을 느끼게 한다. 낯선 곳에서 스스로 익숙한 세상과 단절시켜 잠시라도 느낄 수 있는 것이 더 열심히 살아갈 힘이 된다는 것을 일깨우기 위함인가. 흔들리는 배에 몸을 쉬고 앉아 섬에서 멀어지며 깊은 생각에 잠긴다. 사람을 향하는 것이 또 무엇인가 하고.

산이 부른다

산을 좋아하는 맘을 이렇게 표현했다. 일 년을 단위로 해서 변해가는 여러 모습을 보며
참 많은 생각을 한다. 일요일 이른 아침, 이미 깨어있는 앞산 자락길을 걸으며
나를 깨웠다. 낙엽으로 덮혀 길조차 보이지 않는 길을 걸으며 평온한 행복을 품었다.

모처럼 열어놓은 베란다로 따사로운 햇볕과 지저귀는 새 소리가
맘속에 파릇한 싹을 틔운다. 온기가 반가운 마음은 간절하지만, 계
속된 움츠림으로 두꺼워진 외투를 여미었다. 열어놓은 베란다 문을
통해 마루 깊숙히 찾아든 햇빛은 마음 한번 열어 보라 속삭인다. 환
기를 시키겠다고 열어놓은 베란다에서 싱그러운 공기가 느껴졌다.
정말 겨울이 왔나 보다. 지난여름은 유난히 더웠다. 전국은 연일 기
록을 경신하며 더위와 사투를 벌이는 살벌한 헐떡임의 난무로 땀이
흐르곤 했었다. 그러더니 가을이 오고 이제는 겨울이다.

아파트 단지 옆 도로에 있는 건널목을 건너면 바로 산으로 통하
는 초입길이다. 긴 세월 산으로 향한 마음은 여러 번이었지만 행동
으로 옮기지 못했다. 이유를 앞세우며 무력해진 게으름이 용기를
내어주지 않아 차림새를 갖추고 집 나서기가 쉽지 않았다. 아파트

단지와 산 사이에 놓여있는 넓은 도로가 넘을 수 없는 장벽 같았다. 도로만 아니라면 날마다 갔을 것이라며, 본질을 덮는 아옹거림으로 변명만 했다. 생각 이면의 나태함과 게으름, 날씨에 대한 걱정 등을 감추어 둔 채 오직 도로를 엉뚱한 희생양으로 만들어버렸다.

드디어 산으로 출발했다. 신호등의 초록빛을 기다리는 동안에도 산은 아무런 사인을 주지 않는다. 초입길에 접어들면 산은 비로소 찾아옴에 대한 감사함을 사계의 특별한 인사법으로 건넨다. 그곳에 서 있다는 의식이 가슴에 찡한 감동을 불러와 코끝을 타고 어떨 땐 따스한 물기로 어떨 땐 마구 뛰는 심장의 북소리로 칭찬해 준다. 산책하러 갈 때면 매번 다른 모습을 보여주지만, 이번에도 목록에 넣을 또 다른 하나의 느낌이 들어보라고 열려있는 베란다 밖에서 아파트 동들 틈으로 얼굴 내밀며 산이 나를 부른 것이다.

군자는 산을 즐기고 사람들은 나이를 먹을수록 산이 좋아진다고 한다. 그러나 군자도 그렇다고 훌쩍 넘어버린 숙성되고 발효된 나이도 아닌데 산을 좋아한다. 추운 겨울이면 산에 오를 엄두를 내지 못한다. 세월 따라 바뀌는 신체의 변화가 날씨가 추워지면 자꾸만 산을 멀리하라고 쑵쓰레한 유혹을 한다. 무거운 육체를 묶어 더욱 무겁게 하려는 것도 모르는 바 아니다. 안다. 최대의 적은 게으름이라는 것을, 어리석게 언제까지 핑계삼아 주저앉지는 않을 것이다. 아직은 올차지 않은 추위와 오들거리며 떨게 하는 기온 현상들이 작은 장애물로 남았지만, 그럼에도 불구하고 나를 불러주는 산을 마음에 고이 담고 있다. 지금껏 살면서 기억 속에 저장된 산들이 있어 귀소본능歸巢本能을 가진 듯, 그렇게 다시 산으로 가서 봄의 싱그러움과 여름의 시원한 품, 가을의 아름다운 낭만과 겨울의 앙상함 속의 진실과 풍부한 내면을 느끼곤 한다. 때로는 감사하고 또 신비로움과 경이로움을 배우며, 본질에 대한 냉철함을 잃지 않으려 노력한다. 그리고 다시 산을 찾게 된다.

우리 동네는 앞산 밑에 있고 비교적 지은지 오래된 아파트라 입주민의 연령대가 높다. 다른 동네 사람들이 실버타운이라고 부르기도 하지만, 난 그래서 이곳을 좋아한다. 이곳은 나의 미래이며 고즈넉한 낭만을 그리고 동네를 벗어나면 언제나 등산을 하거나 하산하는 이들의 모습이 보여, 항시 산의 에너지를 저장할 수 있다. 비록 내가 가지 못할 때도 등산복 차림의 그들에게서 풍겨오는 산 기운이 나를 각성시키니 말이다. 올 때까지 기다린다는 지고지순한 연인의 메시지를 받은 아가씨의 기분을 갖게도 해준다. 언제나 사랑받고 있다는 것은 어떤 것에도 자신을 잃지 않게 하는 대단한 힘이 된다. 사람들에겐 자기만의 고유한 에너지원이 있다. 삶에서 힘들고 어려운 경우를 접할 때, 다른 어떤 요소로부터 자기를 지킬 수 없을 때 절망하지 않고 포기하지 않으면 자신을 바로 세울 수 있게 하는 그것, 꼭 그것으로 자존감을 회복하고 어려움을 극복하며 미래를 위해 자신의 걸음을 옮길 수 있게 하는 그것이 소중한 것이다.

산이 이 순간에도 부른다. 바람을 시켜 우리 집 베란다에 열려있는 창문을 움켜쥐고 산의 정서를 일깨우려 한다. 참 고마운 일이다. 감사하게도 몸은 비록 집에 있어도 우리는 하나라는 생각을 접을 수 없다.

오후에 집을 나섰다. 비로써 산의 부름에 응한다. 그렇게 오랜만에 등산로 초입 길에 들어서며 산과 반가운 해후를 나눈다. 한 시간을 올라가 언제나 숨을 고르며 생각을 정리하는 그 벤치에서 생각에 몰입한다. 올라오면서 본 산의 모습엔 사계절이 다 공존하고 있었다. 한 참을 올라가니 졸졸 소리를 내며 흐르는 개울 깊은 곳에 아직 겨울의 매력을 매달지 못한 흐름이 있었다. 그렇게 주변을 마음에 새기며 올라가는 나의 몸, 흐르는 땀과 주체하지 못하는 뜨거운 열기가 항상 같음을 알려준다. 이렇게 열심히 등산하면, 차오르는 숨을 돌리고 계절의 나눔도 날씨에 대한 편견도 모두 어리석음이란 생각이 든다. 그리고 마냥 느낄 수 있고 가질 수 있는 감사함으로 가득 채운다. 따스한 봄날의 기운과 아지랑이를 그리워하며.

바흐, 재즈를 만나다

듣기를 즐기던 음악에서 온몸으로 현장감을 느끼며 음악에 감동했다.
문화생활에 문맹은 아닌데도 기회를 가질 때 마다 연주회와 콘서트는
언제나 감동을 준다. 장르의 구분 없이 그곳에 있다는 것만으로 감격한다.

객관적인 시각으로 오늘의 일정을 본다면, 참 수준 있게 하루를
보냈다고 말할 것이다. 오전엔 명상센터에서 자신의 내면을 돌아보
고, 오후 화랑에서 그림 감상, 저녁엔 음악회에서 아름다운 선율에
감동한 하루였으니.

글을 쓰다 말고 의자를 뒤로 뺐다. 시작한 이 글의 첫 문단을 한
참 동안 바라보다 여러 번 반복해서 읽어보았다. 얼굴에 여럿의 감
정이 표현되고, 미소 지으려던 입에서 급기야 웃음소리가 나왔다.
공허한 웃음 끝에 따뜻하고 촉촉한 눈물마저 비집고 나온다. 진실
을 향함은 고독임을 알기 때문인지, 언제나 외롭게 방황하는 자신
을 알기 때문이다.

아침에 울리는 전화벨 소리를 좋아하지 않아 반갑지 않게 수화기
를 들었다. 최근 자주 만나는 선배가 저녁에 같이 음악회에 가잔다.

기분이 별로라 거절을 했지만, 대답에 자신의 의견을 자꾸만 덮으며, 권하는 통에 끝내 승낙을 하고 전화를 끊었다. 마음과 다른 결정을 내려버린 상황, 짜증이 살짝 올라 잠깐 공시랑 그렸다.

오전의 한적함, 계속되는 며칠의 무거운 기분이 무엇 때문인지, 원인을 파악하고자 명상센터로 발길을 옮긴다. 평온한 자세로 자신의 정신세계를 정화하는 것이 아닌, 원인 불명이며 일방통행인 기분에 대해 알아보기 위한 선택이었다. 명상을 통해 문제를 핀셋으로 콕 집어내어 명쾌하고 쾌활하게 없애고 싶었지만 그렇지 못했다. 마음속엔 어느새 세속의 욕심들이 포도송이 영글듯 매달려, 살랑이며 불어오는 미풍에도 흔들림으로 아파해야 하는 것만 확인했다. 답답한 마음은 가위로 잘 익은 포도송이 하나를 자르듯 그렇게 비워지지가 않는다. 인체의 신비와 다발성 신경의 예민함을 확실히 느꼈다고 하면 맞는 표현이다. 사람들과 더불어 살아가는 세상 속에서 세속적인 욕심을 비우고, 새로 만들지조차 않고 살아간다는 것은 실로 어려운 일이다. 사람에겐 언제나 욕심이 문제가 됨을 안다. 외면하기가 절대 쉽지 않다. 이러함이 욕심의 질긴 생명력인가 보다. 집으로 옮기던 발걸음을 아랫동네 앞산 자락에 있는 갤러리로 돌렸다. 개인적으로 존경하는 그분의 고견을 듣고 싶다는 어리광이 뭉클거리며 피어올랐나 보다. 언제나 품위 있고 격조 있으신 분을 뵙고, 자연 발화된 고통을 위로받고 싶었다. 따뜻한 차 한잔과 정감어린 대화, 그리고 바다를 품은 눈동자가 외로운 영혼에 위로를 준다. 얼마 후 입가에 미소를 매달고 화랑을 나섰다. 조금은 가벼워진 발걸음이 갑자기 내려 나를 덮치는 소나기조차 즐거운 웃음거리로 만들며 귀갓길에 올랐다.

현관문을 들어설 때는 무거운 하루를 잊고, 미소를 지으며 소나기로 수다를 아이들과 떨었다. 저녁식사를 준비하면서도 음악회 약속은 잊고 있었다. 울리는 전화벨 소리를 들으며, 신경들이 잊음을 일깨워주고 번개처럼 외출복으로 갈아입으며 미처 지우지 않은 화장기에 안도했다. 늦을 것 같은 불안감으로 달려간 음악회장은 품을 열며, 참석할 수 있게 했다.

'바흐, 재즈를 만나다' 오늘 콘서트의 제목이었다. 귀에 익숙한 바흐 음악 몇 곡을 클레식이 아닌 재즈로 즐긴다는 것이 색다르게 느껴졌다. 그랜드 피아노, 콘트라베이스 그리고 드럼이 놓여 있었다. 자리에 앉아 연주자들을 기다리는 짧은 시간에 나는 참 행복하다는 아침과 반대의 생각을 한다. 젊은 남성 트리오, 그들의 모습에서 머리부터 발끝까지 자유로운 모습은 그야말로 예술가다웠다. 그러나 처음엔 조금 놀란 것도 사실이다. 관념으로 굳어진 인식에 컴퍼스 운동화와 청바지 차림, 셔츠와 남방을 입고 겉엔 검은 재킷을 걸친 그들은 나로 하여금 멍한 시선을 잠시 짓게 했다. 그러나 드럼 주자가 재킷을 벗어 버리고 하얀 남방을 아무렇게나 걸친 듯 자유로운 모습으로 연주가 시작되었고, 그들의 리듬은 나의 아상我相마저도 자유롭게 만들었다. 기억되어 온 바흐의 곡들이 새 옷으로 갈아입은 듯한 느낌을 받으며, 첫 곡이 끝나기도 전에 그들만의 음악에 매료되어 버렸다. 아무런 생각이 들지 않는 공심空心의 상태, 오직 멜로디를 느끼는 감각만이 느껴졌다. 연주는 끝이 났지만, 난 그들이 존경스러워졌다. 그들이 한 곡씩 연주할 때마다 몰입하는 모습에서 확산하여 퍼지는 행복 냄새를 맡을 수 있었기 때문이다. 나의 우울하고 무거웠던 기분은 어느새 멜로디를 타고 연주장 밖으로 사라진 듯했다.

터덜거리는 발끝을 보며 오늘 하루를 생각해 본다. 세상의 고민을 혼자 짊어진 듯 명상이다, 고견 경청이다, 요란을 떨며 하루를 보냈지만, 처음부터 마음 깊은 곳에서 답은 알고 있었다. 어리석게 연주자들의 열정에서 근심과 걱정의 부질없음을 깨달았다고 했지만, 정말 부산스러운 해프닝이라는 단어가 제격이다. 객관적 품위 운운하는 관념적이지 않는, 내면의 요동치는 갈등은 처음부터 없는 것임을 인정하면 될 것을, 없다는 것을 인정하는 순간 속해있는 세상의 일면 속에서 자연인이 되고, 소박함의 소중함을 느낄 수 있었을 것이다. 나뿐만이 아님은 짐작이 된다. 세상의 모든 사람은 이렇게 자기만의 역사를 만들며, 행복도 자기만의 방법으로 찾으리라. 특별한 것은 처음부터 없었다. 그저 마음이다. 바흐는 고전이 아니라 재즈에서도 살아있듯이 있는 것은 모습을 달리해도 있는 것이고, 허상은 아무리 진실을 닮아 있어도 꾸며낸 것, 진짜가 아닌 것이다. 가짜를 가짜로 볼 수 있는 앎이 어려울 뿐이다. 무거운 기분도, 즐거운 마음도 시간 속에 지나가는 순간이며, 마음이 그러한 감정 속에서 허우적거리지 않는다면, 그저 왔다가 사라지는 바람과 같으리라. 원래는 있음과 없음이 엇갈린다는 생각이 든다. 사람의 오묘함을 몰랐던 것은 아니지만, 오늘은 이러함을 더욱 선명하게 느껴보라는 '내면 확인 강조 기간' 을 맞은 듯 멋진 하루를 보냈다.

고독, 같은 의미 다른 표현

고독이 멋있지만 멀리하고 싶다고 생각한 것이 사춘기부터이다.
이제는 고독과 친해져야 한다는 생각이 든다. 어차피 인간은 혼자라지 않던가.
혼자 즐기며 살아가야 함께도 가능할 것이다. 당당하게 인간 존엄성을 지키며
최후까지 살다 가는 고고한 여인으로 늙고 싶다는 생각을 지울 수 없다.

바바리 자락이 휘날린다. 어둠이 잠식하는 거리의 음영 속으로
그가 사라지고 있다. 쓸쓸한 바람이 뒤를 따른다. 뒷모습은 길게 고
독의 여운을 남긴다. 언젠가부터 고독하면 바바리 깃을 세운 남자
의 뒷모습과 쓸쓸한 바람이 낙엽을 휘감으며 휘황하게 날리는 모습
이 대표 이미지로 굳어졌다. 한술 더 떠 중절모 창끝과 이어지는 날
렵한 콧날이 우수에 젖은 고독자를 극대치로 올렸다. 그런 장면에
선 절대로 단추 구멍 같거나 크고 둥글거나 쌍꺼풀이 훤히 보이는
눈을 드러내지 않는다. 그저 어둠으로 마무리해 깊이를 알 수 없는
신비주의로 마무리한다.

시대 현상이 문화로 나타난다는 것을 모르는 사람은 없다. 여성
인권이 전혀 없던 시대에서 차츰 여성 상위를 주장하는 시대로 변

해왔다. 이제는 역차별이라는 논란을 만들어내는 세태, 고독 표현에도 반영되고 있다. 광고 장면, 화려한 휴가를 암시하며 큼지막한 여행 가방을 끌고 나가는 아내가 뒤돌아보지도 않고 던지듯 한마디를 한다. 곰국 끓여 놓았다고. 총총히 사라지는 아내를 보며 끓어넘치는 곰국 솥에 불을 끄는 헝클어진 남편의 모습은 망연자실이다. 이런 아내를 믿고 살기엔 남은 세월이 너무 길다고 푸념하는 중년 남편. 이것이 현실이다. 물론 각색되어 과하게 표현했다. 그러나 간과할 수 없는 문제가 있다. 몇 년 전부터 아내들은 일상에서 휴가를 달라고 외치고 있다. 시인 문정희의 시「남편」을 읽고 대학원 시절 교수님은 부부가 객지 생활이라 아내 바보인 자신 생각을 뒤로하고, 아내에게 3개월간 휴가를 주어 유럽으로 여행 보냈다고 했었다. 김수현 작가는 작품을 통해 마침내 주부가 가족으로부터 당당하게 일 년의 휴가를 얻어 집에서 탈출하는 모습을 그리기도 했다. 아내들에게도 가족을 벗어나 사색하며 자신을 돌아볼 호젓한 시간이 필요하다. 그렇지 못해 느껴지는 가족 안에서의 고독은 병으로 발전되고서야 후회한다. 여자들도 자기만을 생각하며 당당히 중년의 고독과 맞서길 원한다.

중년이 되면 밖에서 놀던 남편은 집안으로 찾아들고, 안에서 가정을 지키던 아내들은 밖으로 나간다. 남자들이 여자들의 겉모습만 보는 누를 범하지 않기를 간절히 바란다. 여자들의 견뎌내려는 몸부림을 이해하지 못해 혼자 쓸쓸한 건 아닌지 남자들에게 깊은 생각을 권하고 싶다.

열 명의 중년 남자들에게 물어보았다. 고독에 해당하는 사람이 남자냐 여자냐를. 대답한 남자 중 아홉은 여자에게 해당 사항이 없으며, 필요한 단어가 아니란 대답을 했다. 그동안의 특권을 권리인 줄 안 모양이다. 고독을 남자의 전유물처럼 얘기했고, 한 사람은 보는 관점에 따라 각자의 입장이 다를 것이라고 애매한 대답을 했다.

남자들의 젊은 날은 얼마나 자유분방했던가. 그 밝음 뒤에서 가족 뒷바라지로 희생하며 고달픈 일상을 보낸 이가 누군가 잊어서는 안 될 것이다. 지혜롭게 서로 존중하며 고독을 잘 넘어서야 노후의 아름다운 부부상을 만들지 않을까. 요즘엔 한쪽의 희생으로 뭔가가 가능하다는 생각은 용납되지 않는 세상이다. 광고에서 미련 없이 떠나는 아내와 황망해하는 남편을 보아도 알 수 있다. 남자들은 바바리 자락 휘날리며 무게 잡는 고독을 넘어서지 못했다는 것을. 인생의 재를 여럿 넘어 더 성숙해져야 여자들과 함께할 수 있음에 감사하게 될 것이다. 부당함을 외치고 싶은 여자들이 많다. 마지막 남은 개흙처럼 끈끈한 정으로 귀띔해 주고 싶다. 항간에 떠도는 말처럼 '자중자애하시여 금수강산을 누리소서, 늙으면 부부밖에 없다 하더이다.' 라고.

세상에 홀로이며 혼자만 떨어져 있는 듯 매우 외롭고 쓸쓸한 기분이 고독의 사전적 의미. 인간은 누구나 고독하다. 남과 여의 구분이 없이 모두 고독을 느낀다. 그런데 같은 의미에 대한 단어의 표현이 다르다. 여자에겐 해당하는 단어가 아니라는 남자들의 생각이 싫다. 사전의 의미 풀이에 '고독, 남자 전용 사용 특허인가' 란 표기는 없었다. 남자는 왜 여자의 고독을 인정하지 못하는지 얄밉다. 누가 남자에게 그런 특권을 주었단 말인가. 세계를 지배하던 남자가 현역이었기에 문화면에서도 우위의 자리를 선점해 주인공으로 독자 노선을 오랫동안 걸어 온 것이 아닌가.

바바리도 여러 개 가지고 있고, 누구보다 고독을 즐기기도 하며 심지어 고독안에서 허우적거리는 것이 취미라 할 정도로 허허롭게 지내기도 하는 여자다. 외면하고 싶을 때도 있지만, 중년이 되니 고독과 혼연일체가 되기도 한다. 세상을 지배하는 남자를 지배하는 것이 여자라고 쉽게 말하지만 남,녀의 인식 차이가 들어나는 것에 마음이 편치 않다. 정작 나는 못난이더라도 말이다. 광고처럼 훌훌 던지고 여행이라도 떠나고 싶지만, 여러 가지 여건이 따르지 못하는 고독한 아줌마들은 편견 속에서 어떻게 고독을 이겨내야 한단 말인가. 일 년, 열두 달, 삼백육십오 일을 고독 속에서 허우적거리며 오십 년을 살아왔다. 묘연한 빛처럼 혼연일체로 느껴지는 고독, 적응이라는 노력으로 의미를 수용해 버렸다.

달을 치마폭에 품어 태어난 아이. 어려서부터 부모와 떨어져 자란 아이. 열 식구 속에도 외로웠던 아이. 미제 사탕을 줘도 혼자 있기를 거부하며, 어디든 따라가겠다고 때 쓰다 등을 맞고서도 울음으로 고집을 부리던 아이. 아이는 그렇게 따뜻한 온기보다 외로움을 먼저 알아버렸다. 혼자인 것을 지독히 싫어했지만, 세월이 흐르니 더러 즐길 줄도 알게 되었다. 고독이 병이 되지는 않았다. 그러나 내성이 자라 튼튼한 힘이 되지도 못했다. 고독하므로 건전하게 고독을 표현할 줄 아는 힘이 필요한 시대이다. 요즘 같은 노령화 사회에서는 고독이 새로운 문화로 꽃피울 수 있고 진정한 힘이 될 수 있다. 중년 이후의 삶에서 하늘이 부르는 날까지 꼭 필요한 것이 고독력孤獨力이기 때문이다.

간격

살면서 많은 만남이 이루어진다. 사귐으로 이어져 관계를 형성하지만, 다 좋다는 식이 통하지 않는 것이 나의 대인 관계이다. 어쩔 수 없다. 간격은 대인 관계에서 많은 역할을 한다. 취향은 아닌 간격이라는 단어를 이 글을 통해 다시 한 번 생각해 본다.

"언니한테 언니라 부르지 않으니까 거리감 느껴지잖아. 나랑 동갑이고 우리 모두 친하게 잘 지내는데, 왜 언니한테 꼭 샘이라고 거리를 두는 호칭을 사용하는데? 나처럼 그냥 친밀감 있게 언니라고 부르지."

작정을 했는지 굽어지는 혀로 억지 서듯 말하는 여자 1.

"난 샘이란 호칭이 좋아. 언니, 언니 부르며 허물없이 지내다가 수틀리면 가차 없이 돌아서는 인간의 더러운 속성이 싫다고. 그래서 오래 사기고 싶을 땐, 허물어질 것 같은 관겐 피하는 게 서로 존중하는 방법이라고 생각해."

초점이 흐려진 눈동자에 애써 힘을 주는 여자 2.

동동주 잔을 비우며 그녀들의 대화를 듣고 있는 여자 3. 여자 1과 2는 술상을 사이에 두고 앉아 같은 주제 얘기를 계속하고 있다. 친해지면 친해진 만큼 호칭과 대함에 표를 내야 서로 정이 붙는단 여자 1, 친할수록 적당한 간격을 유지해 관계유지를 오래 하고 싶다는 여자2, 그녀들의 얘기가 모두 일리가 있다고 생각하는지 미소 띤 얼굴로 고개를 끄덕이는 여자 3. 좁은 술집엔 테이블이 다닥다닥 붙어 있고, 테이블마다 사연들은 안주 냄새와 열기를 함께 뿜어내고 있었다. 맨 정신이면 아무렇지도 않을 얘기가 알코올 힘이 보태지자 화젯거리로 변하는 묘한 반전을 일으키는 중이다.

여러 관계 속에 간격을 유지하며 살아간다는 것, 어려운 일 같단 생각이 들다가 너무 민숭민숭한 사이 같다는 생각이 들기도 한다. 인정스러운 다정함과 간격이 유지된다는 말 사이엔 얼마만큼의 의미 차가 있을까. 시·공간적으로 벌어진 사이. 사람들의 관계가 벌어진 정도. 사물 사이의 관계에 생긴 틈. 어떤 일을 할 만한 기회나 일이 풀려나가는 정도. '간격'은 사전적으로 많은 뜻이 있는 명사였다. 나뉘는 기준은 단순한 구분이나, 실제로 겪게 되는 상황은 복합적인 경우가 많다.

고도원의 아침 편지 중, 사랑은 일정한 간격을 지키는 것이란 글을 읽었다. 우주의 모든 별에는 사랑하는 방법이 숨겨져 있는데 사랑은 일정한 거리를 지키는 거라며, 달이 지구를 사랑해도 부딪쳐 오지 않고, 지구가 태양을 사랑해도 태양 속으로 녹아들지 않고, 별들이 사랑으로 빛을 내지만 서로 부딪히지 않는 것처럼, 사랑은 상처가 아니라 서로 지켜주는 간격을 유지하는 것이란다. 간격을 유지하는 사랑만 이 세상에 가득하다면 사랑으로 아파할 상황은 없을 것 같단 생각이 나를 허전하게 만든다. 사랑은 함께하며 기쁨을 나누는 것, 간격을 유지하는 건 영원한 평행선 아닌가. 다시 말하면 도를 닦는 기분으로 얼음 위를 걷는 긴장감을 가져야 간격이 유지되는 건 아닐까. 친해지거나 사랑하게 되면 많은 것을 함께 공유하고 싶은 마음이 당연지사인데 말이다.

John Alan Lee의 사랑 유형론을 보면, 사랑은 종류가 많고 완전하게 이해하기엔 어려운 개념이다. 사랑하기 때문에 더욱 가까이하고 싶은 열정적인 마음, 사랑의 변질을 막고자 간격을 유지하는 신중한 마음. 사랑 그놈은 만만찮다. 그냥 이러저러한 구별 없이 '에이 모르겠다!' 맛 난 비빔밥을 만들듯 닥치는 대로 다 사랑하고 싶은 충동을 느낀다.

상처를 잘 받는다. 차갑고 화려한 가면을 써 쉽게 다가오지 못하게 변장을 하고 대찬 여자의 도ㄲ기를 연기한다. 90% 이상의 사람들이 속는다. 그러다 누군가 정확히 간파하면, 바로 꼬리를 내린다. 본색인 연약한 소심녀의 모습에 민망해 황망한 기분이 들기 때문이다. 원래는 사람을 믿으면 발등 찍는 도끼짓도 용서하고 싶어 안달하는 형인데. 경험으로 인해 믿음의 조건이 까다로워졌다. 억지 학습이 된 이유인 게다. 거듭됨으로 난이도는 점점 높아졌고, 그럼에도 불구하고 아직 외부 자극으로부터 자신을 완벽히 보호하지 못하고, 사람에게 희망을 품고 있다. 사람으로 인한 상처도 사랑의 흔적으로 믿는다. 천부적으로 간격 지킴이가 맞지 않는 스타일이다.

그녀는 사람들과 간격을 지키려는 것처럼, 나와도 간격을 지키길 원했다. 결국, 둘 사이엔 갈등이 일었고 난 야속함도 느꼈다. 개념 차이로 같으나 다르게 인식해야하므로 결론을 내렸다. 어떠한 경우도 상대를 자기 식으로 바꾸려함은 이기적인 사랑이다. 힘들어도 있는 그대로 받아들이기로 했다. 그녀가 원하는 간격을 지키기로 한 것이다. 마음을 정했어도 불청객처럼 서운함이 불쑥 찾아오면 힘이 든다. 더 잘 해주고 싶고, 나누고 싶어도 간격 때문에 무심을 가장한 우연 연기를 해야만 했다. 도 닦는 마음이 이럴 것이다. 간격이 나에게 생활 도를 선사하고 본성을 버리란다. 나를 버려야 가장 나답게 살 수 있단 어려운 화두를 깨치기 위해 그녀를 내게 보냈는지. 솔직히 힘들어 외면하고 싶을 때도 있다. 그래서 어디에 몰입하지 않고 세상과 간격을 잘 지키는 사람을 보면 더 알기 전에 멀리한다. 만약 때를 놓치면 고통을 감수해야 하기 때문이다. 나와 다름은 인정하나, 다름으로 힘들어지는 것은 피하고 싶은 게다. 간격 유지도 오래 하다 보면 눈빛만으로 통하는 친밀감을 기대할 수 있을런지.

열정 뿜을 줄 모르는 정열이 없는 사람은 멀리한다. 뒤로 물러나 자기보호에 급급한 사람에게는

"니하고 안 놀아!"

라고 말한다.